중천 높이 걸린 저 달

중천 높이 걸린 저 달

초판 1쇄 인쇄 · 2018년 11월 20일
초판 1쇄 발행 · 2018년 11월 24일

지은이 · 송영기
펴낸이 · 한봉숙
펴낸곳 · 푸른사상사

편집 · 지순이 | 교정 · 김수란
등록 · 1999년 7월 8일 제2－2876호
주소 · 경기도 파주시 회동길 337-16 푸른사상사
대표전화 · 031) 955－9111(2) | 팩시밀리 · 031) 955－9114
이메일 · prun21c@hanmail.net
홈페이지 · http://www.prun21c.com

ISBN 979-11-308-1388-2   03810
값 15,500원

이 도서의 국립중앙도서관 출판예정도서목록(CIP)은 서지정보유통지원시스템 홈
페이지(http://seoji.nl.go.kr)와 국가자료공동목록시스템(http://www.nl.go.kr/kolis-
net)에서 이용하실 수 있습니다.(CIP제어번호 : CIP2018036871)

중천 높이 걸린 저 달

송영기 시조집

푸른사상
PRUNSASANG

사람은 그가 속한 풍토에 영향을 많이 받기 때문에, 태어난 고향 산천이나 부모, 현재 살고 있는 고장에 따라 각각 인격이 다르게 형성되고 사고의 관점이 다르게 발달된다고 생각한다. 세상에는 한 날 한 시에 태어났어도 살아가는 모습은 천태만상으로 다른 사람들이 많다. 나고 자란 산천과 주위환경이 달라, 보고 접해서 받아들이는 바도 따라서 상이하기에 그런 것이다.

나는 산천으로 둘러싸인 시골 작은 마을에서 나서 자라며 학교를 다녔다. 어릴 때 보고 들은 아기자기한 인간사를 항상 잊지 못하고, 지난날을 그리워한다. 지금은 서울 북한산 국립공원 기슭에서 산다. 뒤돌아보면 눈 안 그득한 명산 삼각산과 계곡, 아침에 눈 떠 창문 열면 바라보이는 저 북동쪽 수락산의 수려한 자태를 좋아한다. 그리고 밝은 보름달을 사랑하여 집 앞 길을 이따금 밤늦도록 산책하기도 하니, 집 근처의 산과 물과 둥근달, 흰 구름이 다 내 소유인 것이다. 그리고 가족과 함께 둘러보는 명산대찰과 고적 또한 찾아가 보는 순간 나의 것이 된다. 그것들을 노래해본 것이 이 책이 되었다.

그동안 『좋은문학』, 『양심문학』, 『샘터문학』, 『충북문학』, 『영동문학』 등 여러 문학 동인지와, 영동 향토문화 연구지, 전국 송설 3219 카페 및 인터넷 매체인 『글로벌 뉴스통신』 문화편에 기자로서 연재

한 시조 등을 선별해서 하나로 모아 첫 시조집을 엮게 되니 기쁘다.

"재목이 못 되어서 연기 노을 속에서 늙도록 살았다네"라는 최치원의 시 「석상왜송(石上矮松)」 한 구절과 "빈배 가득 달빛 싣고 무심하게 돌아오네"란 선시(禪詩) 한 자락을 인용하며, 늘 집안일을 묵묵히 해주는 아내와 문원(文源), 문정(文禎), 자식들에게도 고맙다는 말을 남긴다. 시집간 딸 희동(禧東), 사위 지현도, 외손 윤성이까지 다 함께.

이 책의 출판을 수락해주신 푸른사상사 한봉숙 대표님과 편집팀의 노고에 감사하며, 표지화와 속지화를 제공해주신 대구 박용기 화백, 시평을 써주신 이동순 교수님과 격려해주신 우천 김금자 시인께도 감사를 드립니다.

2018년 11월

덕형헌(德馨軒)에서 송영기(宋永起)

차례

중천 놀이 걸린 지탑

제2부 기나긴 여름 한낮에

차례

중천 높이 걸린 저 달

제5부 아름다운 사람들

제6부 도운 기행

차례

제7부 문화와 역사의 향기

부록

제1부

홀로 봄을 즐기니

나리꽃과 원추리[萱花]

어릴 때 나무꾼과 나무하러 산에 가니,
비탈진 산언덕에 소나무가 우뚝한데,
노오란 원추리꽃이 밝게 피어 손짓했고

녹음이 짙은 여름 친구 집의 담장 앞에,
점박이 주황색의 참나리꽃 활짝 피어,
다소곳 고개 숙이고 나를 보며 반겼었지.

그 산은 울창한데 그 집에는 인적 없고,
키다리 나리꽃이 목을 빼고 서 있나니.
이제는 내 추억 속의 그림으로 남았구나.

봄눈 내리는 밤

지난밤 자정 넘어 천둥소리 들리기에,
밤에 웬 포성(砲聲)인가 의아하여 창을 여니,
가로등 불빛 받으며 하늘 가득 눈 내리네.

소나기 쏟아지듯 어지럽게 흩날리며,
저만큼 멀어져간 가는 겨울 송별하나,
세상이 잠든 밤중에 때맞추어 눈이 오네.

개구리 눈 비비며 동면(冬眠)에서 깨어날까,
한바탕 공중에서 소리 없이 춤을 추며,
순식간 길바닥 위에 흰 눈 가득 뿌려놓네.

입춘날 산책

차가운 바람 부는 산책길 언덕에서,
모자를 눌러쓰고 계곡 아래 바라보니,
숲 속의 나무 사이에 오두막집 한 채 있다.

눈 덮인 지붕 위로 산비둘기 날으는데,
적막한 산속 집에 방문객이 있었는지,
컹컹컹 개 짖는 소리 정적 깨며 들리누나.

두꺼운 얼음 얼고 발이 시린 추위 속에,
따사한 오후 햇살 고맙기도 하거니와,
입춘이 오늘이니까 겨울 이미 가고 있네.

공산(空山)에 또르르르 목탁 치는 소리 들려,
산중에 절 없는데 목탁새가 짝을 찾나,
찬 바람 불고 날 저무니 걸음을 재촉하네.

뻐꾸기 울음소리

붐하게 밝아오는 차분한 이른 새벽,
가족들 자고 있는 여명의 맑은 아침,
온 동네 울려 퍼지는 뻐꾸기의 울음소리.

해마다 이맘때쯤 어김없이 내려와서,
가까운 어딘가서 목청 높여 울어대는,
또렷한 목소리 듣고 잠에서 깨어난다.

누구를 기다리며 뻐꾹뻐꾹 울어대나,
어딘가 탁란(托卵)하고 양심쩍어 울어대나,
세상은 고요한데도 부질없이 혼자 우네.

둥지서 알 품느라 개개비는 모를 테고,
오월의 푸른 아침 동녘에 해 솟는데,
오늘도 둥지 근처서 벗어나지 못하나.

소리는 맑고 큰데 홀로 울어 외롭구나,
산기슭 나무숲에 적막 깨며 우는 것은,
어미새 본능적으로 혼(魂)을 불어 넣기인가.

알 품고 있는 뱁새 위로하는 노래인가,
지금도 근방에서 온 산이 떠나갈 듯,
애타게 날 잊지 마라 우는지도 모른다.

모습을 숨긴 채로 종일토록 피 토하듯,
뒷동산 어딘가에 몸을 숨긴 뻐꾸기의,
확 트인 청아한 소리 멀리까지 들리네.

담장 가 붉은 장미 아름다운 푸른 오월,
뻐꾹새 뻐꾹뻐꾹 맑고도 깔끔하게,
오늘도 한 목소리로 지침 없이 뻐꾹이네.

숲 속에 새가 운다

어제는 추적추적 봄비가 내리더니,
오늘은 날이 개어 산천이 말쑥하네.
창 열고 먼산 보나니 마음의 때 씻어갔네.

숲 속에 산비둘기 구욱구욱 소리 하면,
멀리서 은은하게 다른 새가 화답하고,
계곡엔 맑은 물소리 더욱 크게 들리네.

약수터 오르다가 이웃집 부부 만나,
반갑게 인사하며 마주 서서 안부 할 때,
나뭇잎 푸르르고 그 나무 위엔 새가 우네.

종점 놀이 겸민 제밀

모란꽃

계림(鷄林)의 선덕여왕(善德女王) 꽃 그림 받아보고,
이 꽃엔 향기 없다 총명을 과시했지.
벌 나비 앉지 않으니 화가인들 그렸겠나.

청명(淸明)을 지나서는 꽃봉오리 생겨나고,
입하(立夏)가 들기 전에 검붉은 꽃 활짝 펴서,
깊고도 그윽한 모습 꽃 중의 꽃* 분명하다.

부귀를 염원하여 고금(古今)에서 아꼈으니,
스란치마* 입고 있는 귀부인의 자태인가,
술 취해 홍조(紅潮)를 띤 양귀비(楊貴妃)*의 교태런가!

* 꽃 그림 : 당태종(唐太宗) 이세민(李世民)이 신라의 선덕여왕에게 모란꽃 그림과
  함께 꽃씨 한 되를 선물로 보냈다. 여왕이 그림을 살펴보고는 벌이 없으니 향
  기가 없는 꽃이라 말했다. 이듬해 씨를 뿌려 꽃이 피니 정말 향기가 없었다고
  한다. 『삼국유사』에 기록된 내용이다. (그러나 실제로 모란꽃은 향이 너무나
  진하고 쿰쿰하여, 독성이 있는지 벌 나비가 앉는 일이 없어 보인다.)
* 꽃 중의 꽃 : 모란을 가리킨다. 설총이 「화왕계(花王戒)」에서 모란을 화중지왕
  (花中之王)이라 하였다. 모란은 부귀영화를 상징한다.
* 스란치마 : 스란을 단 긴 치마. 통이 넓고 길어서 입으면 발이 보이지 않는다.
  '스란'은 치맛단에 금박을 박아 두른 선을 말한다.
* 양귀비 : 당현종(唐玄宗)의 애비(愛妃)로, 얼굴이 둥글고 살이 쪘으나, 발은 작
  았다는 미인.

21

고향에 뻐꾸기는 언제 우나

고향집 내려가도 반기던 엄마 없고,
마당에 들어서면 어딘가 낯이 설다.
따스한 훈기가 돌던 그 옛자취 그리워라.

온 동네 돌아봐도 친구들 흩어졌고,
옛 담장 고쳐지고 꼬부랑길 곧아진 채,
뛰놀던 아이들 없이 외지인(外地人)만 늘어났네.

만나면 인사하고 심심하면 마실* 갔던
이웃집 낡은 채로 적막에 싸여 있고,
봄이면 무심히 듣던 뻐꾹새도 아니 우네.

사립문 열어주던 동네 어른 어디 갔나!
줄넘기 하던 누나, 할머니라 불린다오.
이제는 앞산 뒷산만 그 자리서 변함없네.

*마실 : '마을'의 사투리. 시골에서 이웃에 놀러 가던 일.

망종(芒種) 전날

숲 속을 지나가는 쏴 하는 바람소리,
소나기 소리인가 가을이 오는 소리인가,
뒤돌아 살펴보지만 나뭇잎만 흔들리네.

무성한 나무그늘 의자에 기대 앉아,
잎들이 부딪치는 정오(正午)의 맑은 날에,
옷차림 가볍게 하고 시원하게 바람 쐬네.

망종(芒種)은 내일이고 산새 울음 청량한데,
산속의 그늘 아래 근심 걱정 내려놓고,
하늘에 높이 떠가는 흰구름을 바라보네.

앵두

호랑이 담배 먹던 아득한 옛 어느 봄날,
교태전(交泰殿)* 후원 마당 중전마마 산책할 때,
아미산(娥眉山)* 화단 위에는 앵두꽃이 피었더니,

고요한 구중궁궐 고졸한 나뭇가지,
잘 익은 붉은 앵두 총총히 달리었네.
효심이 많으셨다는 동궁(東宮)의 세자*께서,

한움큼 따서 담아 부왕(父王)*께 올리시니,
어여삐 여기시어 맛보시고 즐기셔서.
왕가(王家)에 흐르는 정(情)이 여염집과 같았더라.

열매는 비록 작고 속의 씨는 크다마는,
옛부터 종묘 젯상* 올리었던 과일이고,
임금이 신하에게도 내리셨던 선과(仙果)로다.

* 교태전 : 경복궁의 강녕전(康寧殿) 뒤 중전이 거처하는 전각.
* 아미산 : 교태전 뒷마당에 있는 후원으로 화계(花階)가 있는 작고 아담한 동산.
* 동궁(東宮)의 세자 : 세종의 장남으로 여덟 살에 책봉되어 29년간 세자로 지낸 문종(文宗).
* 부왕(父王) : 세종 임금.
* 종묘(宗廟) 젯상 : 과일이 그리 많지 않던 옛날 고려시대에 앵두는 제사에도 올렸다는 과실.

복사꽃 핀 무릉도원 – 약수터 가는 길

온 산이 눈 내린 듯 벚꽃으로 뒤덮인 때,
고목의 껍질 위엔 푸른 이끼 되살아나고,
새들은 요란스럽게 짝을 따라 지저귀네.

휴일날 한가로이 물통을 챙겨 들고,
혼자서 봄을 즐겨 산길을 올라가니,
길가에 무릉도원이 내 눈앞에 펼쳐 있네.

청주(淸州) 회고

젊은 날 홍안일 때 이곳을 들렀는데,
연초창 정거장서 하차하라 통화됐고,
그곳에 도착해보니 미리 와서 기다리던,

춘삼월 푸른 봄날 들판엔 아지랑이,
파란 쑥 논둑 위에 돋아난 상큼한 낮,
옷차림 산뜻하여라 걷는 발길 신이 나고.

한복을 곱게 입고 날 반겼던 그 어머니,
일곱 살 어린 여동생 앞니 빠진 갈가지,
하늘에 별 깜박이듯 그리움 돼 남았네.

교외의 언덕 위에 둘이 앉아 얘기하던,
그 사람 지금 어디 손자 보며 웃음 짓나,
온 세상 날 위해 있던 아름답던 그 시절!

제2부

기나긴 여름 한낮에

노란 오이꽃

시냇가 맑은 물에
씻겨진 모래처럼,

햇빛에 반짝이는
물속의 사금(沙金)처럼,

환하게 빗물 머금고
활짝 피운 오이꽃.

초여름 서정

꾀꼬리 숲에 울고 흰 나비 폴폴 나는,
쨍쨍한 여름 낮에 햇빛은 쏟아지고,
간간이 바람 부는데 하늘에는 뭉게구름.

휴일날 푸른 숲에 마음 놓고 올라와서,
계곡의 물 흐르는 언덕 위에 서 있나니,
번다한 세상 잠시 잊고 이 한낮을 쉬어가네.

미풍에 나뭇가지 살랑살랑 흔들리는,
저 너머 산비탈에 물소리가 은은하고,
나비를 보고 서 있는 나 신선이 되었는가,

햇빛에 아롱아롱 흘러가는 저 물소리,
물가의 작은 바위 걸터앉아 바라볼 때,
더위는 다 사라지고 시름마저 잊었구나.

붓꽃 핀 숲 약수터에서

간간이 수풀에서 장끼가 푸더더덕,
날아서 솟구치며 외마디 컹컹 소리,
주위를 살펴가면서 먹을 것을 찾고 있는.

그 숲 속 약수터에 동네 사람 올라와서,
땀 내고 운동하며 흙마당을 돌고 돌 때,
몇몇은 벤치에 앉아 세상사를 얘기하네.

널따란 잔디밭에 밝은 햇살 비추는 낮,
진보라 고결한 색 군락으로 붓꽃 피어,
다가가 살펴보는데 이 시간이 느긋하다.

향나무 세월 속에 등걸이 굵어졌고,
일어나 숲 사이로 저 건너 산을 보니,
문필봉 붓꽃 봉오리 모습 닮아 이름 같네.

하지(夏至) 풍경

수많은 꽃나무들 앞다투며 자란 계절,
큰 나무 작은 나무 앞서거니 뒤서거니,
키 맞춰 간격 이루며 무리지어 꽃 피었네.

들에는 개망초 꽃 길가에는 채송화 꽃,
빨간색 노란색이 정답게 웃음 짓고,
처마엔 제비 한 쌍이 번갈아서 날아드네.*

물논에 심은 벼는 땅내 맡아 싱싱하고,
밭에는 옥수수대 햇볕 아래 무성한데,
동강(東江)엔 낚시대 들고 한가로이 고기 잡네.

* 강원도 영월동로에 있는 어느 가게의 마루에 앉아 더덕과 도토리묵을 안주로
막걸리 한 사발 마시며, 어릴 때 고향집에서 흔히 보았던 제비를 가까이서 보
고 반가워 급히 사진을 찍었다. 그 처마 위 제비집에 제비 한 쌍이 부지런히
곤충을 물고 와서 새끼에게 먹이고 뒤돌아 망을 본 뒤 날아올라 전깃줄에 앉
아서 숨을 고르며 망을 본 후 날아갔다. 강원도 영월 동강과 서강이 만나 남
한강을 이룬 그 일대가 청정 지역임에 틀림없다.

대청호 청남대(靑南臺)

새들이 폭염 속에 높이 날기 멈추었고,
꽃 피운 나무들도 한 바가지 물 아쉬운,
한 줄기 바람마저도 불어오지 않는 낮,

대청호 댐에 올라 푸른 물결 바라보니,
강 건너 구룡산에 걸려 있는 저 현암사(懸岩寺),
발아래 펼쳐져 있는 삼호수(三湖水)를 굽어보네.

계곡에 물이 차니 아홉 용이 비상하고,
반송이 해묵으니 푸른 정기 아니던가,
널따란 잔디밭에는 봉황새가 알을 품네.

산속에 호수 생겨 깊은 물에 달 비추고,
천 년의 세월 동안 생기(生氣) 간직하더니만,
봉황이 날아와 앉는 이름난 곳 되었구나.

예전엔 적막했고 동네 마을 듬성듬성,
지금은 굽이마다 인마(人馬)들로 붐비나니,
육지가 큰 호수 되어 맑은 물로 가득하이.

봉숭아[鳳仙花]

비 갠 후 장독대 앞 채송화 꽃 어여쁜데,
나란히 피어 있는 붉은 입술 봉숭아 꽃,
새색시 두 볼 위에다 연지 곤지 찍은 듯.

이웃집 단발머리 곱고 착한 누나들은,
한 움큼 빨간 꽃잎 백반을 넣어 찧어,
가녀린 약지 손톱에 동여맨 채 하룻밤을,

이튿날 벗겨내니 주황으로 물든 손톱,
동생과 엄마에게 보여주며 자랑하고,
누구가 물 잘 들었나 손 내밀어 비교하네.

접시꽃[蜀葵花]

차 타고 지나갈 때 길가에 피어 있는,
접시꽃 분홍 얼굴 날 반겨 서 있구나.
촉규화 어사화(御賜花)라서 다시금 눈길 가네.

과거에 급제하여 홍패 받은 미소년(美少年)이,
목화(木靴)에 앵삼 입고 백마(白馬)에 올라앉아,
복두(幞頭) 뒤 어사화 꽂고 삼일유가(三日遊街) 나설 적에,

종이꽃 꿰어 달린 길다란 두 참대오리,
앞으로 휘어내려 명주실 끈 입에 물고,
길잡이 앞세우고서 풍악 울려 행진한다.

담장 안 발돋움한 댕기머리 요조숙녀,
숨어서 구경하니 능수버들 출렁이고,
얼굴의 미소 감추고 의젓하게 지나가네.

지난날 소년등과(少年登科) 선비 집안 큰 경사라,
부모는 집 마당에 덕두화를 심어놓고,
자식의 입신출세 마음으로 기원했소.

폭우 내린 계곡−삼각산(三角山)

밤부터 쏟아진 비 오후에 그치더니,
계곡물 우렁차게 아래로 흘러내려,
온 산이 폭포 소리로 모든 소리 삼켰네.

굽이쳐 흘러가는 저 물살을 감당하랴,
바위를 부딪치며 맹렬하게 내려치는,
비 온 후 계곡물 소리 천둥 치듯 진동한다.

시냇물 본래 맑고 물속은 투명한데,
폭포수 쏟아지니 물빛이 죄다 흰색,
흰 포말 물거품 일어 물결 무늬 아름답다.

고요함 자랑인데 오늘은 굉음 내고,
유유히 흐르는데 급하게 폭주하니,
바윗돌 돌아서가다 일거에 쓸며 가네.

천년의 세월 속에 그 단단한 계곡 바위,
폭포수 바위 굴려 모난 것도 모양 잡혀,
물살의 변덕스러움에 강한 돌도 어이하리.

말복 더위

덥기 전 아침 일찍 차 두 대를 세차한 후,
마당의 풋고추와 깻잎 따서 건네주고,
시원한 동치미 국에 국수 말아 요기했네.

주말경 말복인데 불볕더위 극심하여,
방마다 따로따로 선풍기만 틀어놓고,
누워서 낮잠을 자며 한여름을 보낸다.

에어컨 한구석에 커다랗게 세워둔 채,
갑자기 손님 오면 그때에나 틀겠거니,
오지도 가지도 않으니 오히려 마음 편타.

열기는 밤 깊어도 여전히 식지 않고,
창 너머 달은 중천(中天) 귀뚜라미 울음 맑아,
이 밤도 뒤척이면서 밤잠을 설치겠네.

죽부인(竹夫人)

서늘한 냉기(冷氣) 찾아 죽부인 들이고서,
중복(中伏)날 큰 방 안에 조용히 혼자 앉아,
돗자리 정갈히 펴니 맑은 바람 이는구려.

무더운 여름날엔 손님으로 가지 않고,
소나기 지나간 뒤 매미 소리 높은 한낮,
옷차림 가볍게 하고 바람 쐬며 소일(消日)할 뿐,

대오리 얇게 깎아 엇갈리게 엮어 만든,
둥글고 긴 통풍공(通風孔) 공심(空心) 안고 만족하니,
목침을 높이 베고서 더운 밤을 지새네.

무정(無情)한 물건이나 여름 한철 곁에 두고,
찬물에 탁족(濯足)하고 무더위를 식히나니,
무엇을 부러워하여 말 바꾸며 헤맬쏜가.

아버지 쓰던 것은 옛날부터 태우나니,
자식이 물려받아 다시 쓰지 않는 탓에,
오래된 건 본디 없고 구입한 지 좀 되었네.

늦가을

음력 칠월 보름날―추석 성묘 전 벌초

밤 줍는 사람들

구름 속 보름달―한가위

여름 가고 가을 왔네

초가을 서정

처서가 되니 귀뚜라미 소리 높다

수락산 바라보면

보름달[滿月]

귀뚜라미 울음소리

제3부

가을은 깊어가고

늦가을

창밖에 붉은 단풍 가을은 점점 깊어지고

기러기 떼 끼룩끼룩 하늘 높이 날아가네.

붉게 물든 나뭇잎은 그림처럼 남았는데,

들리는 새 울음소린 허공 속으로 사라졌네.

음력 칠월 보름날 – 추석 성묘 전 벌초

흰 구름 하늘에 뜬 맑은 바람 이는 초추(初秋),
영동과 황간 지나 매곡 상촌 밤안골에,
상대(上代)의 대산소 찾아 추석 벌초 하러 왔네.

지난해 했건마는 초목들이 일 년 사이,
자라나 무덤에는 덤불숲을 이루어서,
칡넝쿨 무성해지니 분간하기 어렵구나.

밭 아래 길가에는 익은 호두 떨어졌고,
야산의 소나무는 창공 아래 푸르른데,
산속에 누운 조상묘 벌초하니 드러나네.

산소 옆 참나무는 아름드리 고목 됐고,
비탈진 언덕 위의 그늘 아래 옛 무덤은,
살아서 보지 못했던 먼 후손이 찾는구나.

준비한 축문 꺼내 산신과 조상에게,
막걸리 잔 올리고 유세차(維歲次) 독축한 후,
산돼지 파헤칠까 봐 다른 곳에 잔 비우네.

옛 풍속 고수하나 시절이 무상하여,
한 세대 지나가면 오늘날과 달라져서,
누대에 걸쳐 내려온 이 정성들 묻힐 건가.

각지에 사는 친척 만나보니 반가운데,
한자리 모였으나 생소한 이 태반이요.
아이들 재잘거리고 옛 소년들 어른 됐네.

밤 줍는 사람들

한가위 추석 오니 큰 밤나무 아래에는,
밤송이 떨어져서 오고가는 사람들이,
고개를 숙여 이리저리 보물 찾듯 알밤 줍고.

옆사람보다 먼저 찾기 위해 애쓰면서,
왜가리 갯가에서 잔 물고기 응시하듯,
덤불숲 사이사이를 재빠르게 훑어보네.

산에서 꿀밤나무 밑으로 지나갈 때,
도토리 후두두둑 떨어지는 소리 나고,
땅바닥 여기저기에 딩굴다가 밟히네

감나무 아래에서 홍시 줍기 어려운데,
밤나무 밑에서는 알밤 줍기 더욱 쉽고,
참나무 숲 그늘에선 꿀밤 자루 채우네.

번다한 길가에는 탐방객이 차지하고,
한적한 숲 속에는 다람쥐의 겨울 먹이,
나뭇잎 물 들기 앞서 먹을 것이 풍성하네.

구름 속 보름달 – 한가위

서늘한 가을 밤중 중천 높이 걸린 저 달,
언제나 사랑하여 텅 빈 마을 길 거닐며,
나 혼자 뒷짐 지고서 달을 보기 좋아라.

천 년 전 이태백도 둥근달을 사랑하여,
시 짓고 술 마시며 취하여서 즐겼다니,
만고에 변함없어라 이런 미인 또 있는가.

이 밤도 밖에 나와 저 구름 속 달을 따라,
말없이 산책하며 오며 가며 바라볼 때,
저 달도 구름 사이를 빠져나와 날 비추네.

여름 가고 가을 왔네

무술년 여름 내내 숲가의 계곡에는,
휴일 날 더위 피해 진종일 물가에서,
아이와 어른 다같이 물놀이를 하여서,

골짜기 흐르는 물 모래 일어 흐렸는데,
한 달새 처서 지나 백로가 되고 보니,
산속에 인적 드물고 갈가귀 날아가네.

바위틈 흐르는 물 점점 크게 들려오고,
작은 소 모인 물은 바닥이 다 보이도록,
맑고도 깨끗하여서 바라보니 좋아라.

폭우에 바윗돌은 묵은때가 벗겨졌고,
나무는 물기 가득 머금어서 생기 있는,
서늘한 숲길 오르니 가을 이미 와 있네.

초가을 서정

처서(處暑)가 지나더니 태양도 기울어져,
뜨겁고 무더웠던 열기(熱氣)가 스러져서,
어느새 선선해지고 조석(朝夕)으로 달라졌네.

파아란 높은 하늘 흰 구름은 흘러 흘러,
서늘한 밤 창밖엔 귀뚜라미 울음소리,
모기는 더 극성으로 맹렬하게 덤벼드네.

얇은 옷 짧은 바지 여름옷을 벗어놓고,
가을 옷 갈아입어 창문 모두 닫고 자나,
모기장 쳐놓아야만 잠을 편히 잔다오.

흐르는 물소리는 차갑게만 들리누나.
하루해 짧아져가 저녁마저 빨리 오니,
산기슭 아랫동네에 가로등불 밝아오네.

바람은 선들선들 감나무 잎 흔들릴 때,
이따금 풍경 소리 밤공기는 적막한데,
집사람 내게 말하길, 마당에 달이 밝다네.

처서가 되니 귀뚜라미 소리 높다

이른 아침 대문에서 조간(朝刊)을 막 집어 들고
다소곳 곱게 피운 나팔꽃 바라보나니
풀벌레 요란하여도 시끄럽지 않구나.

지난밤 무더움에 마당을 서성이며
옷깃을 열은 채로 한 점 바람 고맙더니
새벽엔 서늘한 기운 귀뚜라미 소리 높네.

중천 높이 걸린 저달

수락산 바라보면

매일 아침 동창(東窓) 열고 도솔봉을 바라보면
뾰족한 봉우리가 문필봉(文筆峰) 연상(聯想)되니
눈으로 산(山) 정기 받아 문장가(文章家) 될까 보이.

봄 가을 언덕에서 수락산을 볼 때에는
고향집 동북간에 늘 보았던 그 산(山)같아
어릴 적 동네에 온 듯 마음 절로 위안 되네.

비 개인 지난여름 도정봉 하늘 높이
오색의 무지개가 기둥처럼 솟구쳐서
검푸른 운무 속으로 용오름을 하더라.

보름달[滿月]

둥그런 담장 안에 한 그루 계수(桂樹)나무
수만 년 세월 동안 잎 하나 지지 않고
그림자 드리운 채로 인간세상 굽어보네.

빠르게 흘러가는 구름 너머 하늘가에
이 밤도 쉬임 없이 한 마리 옥(玉)토끼는
누구를 대접하려고 떡방아를 찧고 있나.

두꺼비 눈을 꿈뻑 달빛 쫓는 푸른 밤에
月宮의 항아(嫦娥)님은 창문 활짝 열어놓고
초승달 보름달 되는 영원(永遠)을 관(觀)하시나.

귀뚜라미 울음소리

사방이 고요하고 정적에 묻힌 밤에,
혼자서 집 앞길을 말없이 배회할 때,
뒷산은 어둠 삼키고 진중하게 앉아 있네.

새벽에 일어나서 창문 열고 동산 보니,
여명의 기운 속에 그 모습이 빼어나서,
아침의 맑은 기운이 내 눈속에 들어오네.

무더위 스러지며 한 줄기 바람 일고,
뜰 앞에 귀뚜라미 울음소리 또렷한데,
절기는 돌고 돌아서 천지간에 어김없네.

* 뒷산 : 삼각산 (북한산)
* 동산 (東山) : 수락산

제4부

겨울 달빛 바라보면

눈 내리는 날

까마귀 깍깍 울고 까치가 날아오르는,
노오란 참나무잎 숲 속 나무 사이사이,
점점이 내려앉으며 소리 없이 눈 내리네.

어둑한 잿빛 하늘 높은 하늘 낮아지고,
포근한 바깥 날씨 조용해진 초겨울에,
이윽고 눈이 내려서 길바닥이 하얗네.

창 열고 내리는 눈 말없이 바라보며,
어른이 되었어도 이 마음은 동심인데,
슥슥슥 마당 쓰는 소리 정적 깨며 들려오네.

겨울 아침

요즈음 날씨처럼 추위가 매서울 때,
보일러 높이 틀어 따뜻하게 지낼 때면,
괜스레 나만 이렇게 호사하나 염려되고,

밥상에 여러 반찬 차려놓고 밥 먹을 땐,
은근히 가짓수가 많지 않나 생각되어,
한번에 이렇게 많이 올리지 마라 말하네.

고요히 방 안에서 책을 펴고 읽을 때는,
취미로 진열해논 수집품을 바라보며,
나만이 청복(淸福)을 누리나 이 즐거움 돌아보네.

좋아도 조심하고 많아도 근심하며,
편안이 분수 지켜 작은 행복 크게 생각,
누옥(陋屋)을 가꾸어가며 한가로이 살아가네.

전깃불 자주 끄고 수도물 조금 틀며,
음식은 들어 먹고 수건은 아껴 닦아,
전열기 낮게 튼 채로 지내는 게 편하니,

알맞게 조절하고 지나침 없게 하며,

마음을 다치거나 상하게 함이 없이,

따뜻한 아침 햇살이 방 깊숙이 드는 아침,

방 안에 눈높이로 작은 기물(器物) 옆에 놓고,

무심히 바라보며 마음을 정화하니,

맑음이 절로 솟아나 복이 가난하지 않구나.

저 멀리 수락산을 아침마다 바라보고,

창 열어 아침 공기 방 안 가득 환풍하니,

담장 가 푸른 조릿대 겨울에도 아름답네.

겨울 산

소리 내 흐르던 물 한파 속에 꽁꽁 얼어,
계곡의 바윗돌들 얼음 속에 박힌 채로,
우윳빛 긴 얼음판이 한겨울의 비경(秘景) 됐네.

한 차례 차가운 바람 나무숲을 치며 오고,
쏴 하는 바람소리 텅 빈 계곡 타고 갈 때,
등산객 하산하는 소리 멀리서도 들린다.

두꺼운 얼음 밑에 잔 물고기 쉴 터인데,
산새도 날개 접고 날지 않고 쉬겠거니,
눈 덮인 빈산 골짜기 하늘만이 파랗구나.

벚나무 묵은 가지 꽃망울을 품었는가,
아래서 쳐다보니 찬 겨울에 생기 있어,
작은 새 먹이 찾으려 포록포록 옮겨 앉네.

눈 덮인 골짜기 길 발자국이 어지럽고,
산 아래 자동차 소리 은은하게 들려오나,
차가운 높은 산중의 즐비한 큰 나목(裸木)에,

딱딱딱 딱다구리 참나무를 찍는 소리,

빈산에 요란하게 공명(共鳴)되어 들리는데,

행여나 방해될까 봐 멈춰 서서 바라보네.

눈 덮인 장명등(長明燈)

누구의 영생(永生) 비나 이름 모를 석공(石工)이여!
무심한 돌을 깎아 질박(質朴)하게 다듬었네.
혼령도 어두운 밤엔 등불 의지하였으리.

탁 트인 산언덕 위 양지바른 명당 앞에,
묵직한 장명등의 화사(火舍) 안에 불을 켜서,
바람에 꺼지지 않는 마음의 불 밝혔었지.

지난날 권문세가(權門勢家) '에헴' 하던 자손들이
명절에 찾아와서 엄숙하게 성묘할 땐,
한 번씩 눈길을 주어 말없이 뽐냈는데,

지금은 주인 두고 석등(石燈) 홀로 하산(下山)하여,
고적한 골동가게 한켠에서 나뒹구니,
어느 산 어느 가문(家門)의 석물(石物)인지 모른다네.

눈 내린 아침

대한(大寒) 날 새벽녘에 수북하게 눈 쌓였네.
참새는 가지 위를 가려서 날아 앉고,
석상(石像)은 눈모자 쓴 채 의연하게 서 있는데

발자국 내지 말라 가족에 일러놓고,
사진기 얼른 켜서 설경(雪景)을 찍었지만,
처마 끝 풍경 소리는 담아내질 못하이.

제5부

아름다운 사람들

산 너머 있는 큰 산

가까이 서서 보면 앞산이 커 보이고,

멀리서 바라보면 뒷산이 더 우뚝하니,

큰 산은 앞산에 가려 뒤늦게 보인다네.

최송설당(崔松雪堂) 여사* - 김천고 송설학원 교주(校主)

관향(貫鄕)이 화순최씨(和順崔氏) 갸륵한 장녀(長女)로서,
어버이 뜻 받들고 연꽃처럼 피어나서,
아들도 못 할 일들을 해내고야 말았네.

어려서 학문 익혀 시문(詩文)*에도 능(能)하였고,
두텁게 이재(理財)하여 큰 재물* 이루나니,
당차고 어진 심성에 신령님도 복을 주네.

귀인(貴人)*을 받드는 데 지극정성 다하시어,
일거에 믿음 주고 왕실(王室) 총애 받으시니,
무교동 큰 기와집*은 정승보다 나았네.

조상도 신원(伸冤)*하고 석숭(石崇)처럼 만재(萬財)* 쌓아,
육영에 뜻을 펴라 어머니의 당부* 따라,
기꺼이 마음 정하니 망설임이 없었더라.

고성산 송정(松亭)에다 정걸재(貞傑齋)* 지으시고,
산 아래 강당* 짓고 붉은 벽돌 본관(本館)* 준공,
우람한 송설학원이 김천 고을에 설립됐네.

재물을 아꼈으면 삼대(三代)는 갔겠으나,

인재(人材)를 기르는데 정재(淨財)를 쾌척하니,

갈마든 학생 자식들이 한 나라에 가득하네.

마음껏 뜻 펼치고 활불(活佛)*로서 사셨으니,

장부(丈夫)*가 됐다 한들 미치지를 못하리라.

교정(校庭)에 할머니 동상(銅像)* 창송(蒼松) 아래 우뚝하네.

* 최송설당(崔松雪堂) 여사 : 아버지 최창환(崔昌煥)과 어머니 정씨(鄭氏)의 3녀 중
  장녀로 태어났다. 달 밝은 밤에 하늘에서 황학을 타고 흰옷 입은 노인이 내려
  와 붉은 글씨로 쓴 책을 받은 태몽을 꾸고 잉태하니, 아들이기를 기대했다 한
  다. 효녀였으며 인물이 곱고 부지런하고 총명하나, 적몰(籍沒)된 역적의 집안
  이라는 누명으로, 혼인을 하기보다는 여인의 몸이지만 장차 가문을 다시 일
  으켜세워 조상의 억울함을 벗기고자 큰 뜻을 정한 것으로 보인다. 1855년 8
  월 29일에 태어나, 1939년 6월 16일에 81세로 천수를 다하였다.
* 시문(詩文) : 한문에 능하여 한시 259수, 국문가사 50편을 남겼다. 『송설당집』
  전질 3권 2책 간행(1921.12).
* 큰 재물 : 1866년 6월에 환갑을 한 해 앞둔 아버지가 돌아가시고 3년상을 마
  친 뒤, 나이 40세에 근검절약하여 일군 4백 석 논과 밭의 막대한 재산을 정리
  하고 어머니와 상의한 후, 제2의 인생길로 들어간다. "양지바른 나뭇가지가
  춘심(春心)을 얻는다"며, 조상의 신원(伸寃)을 위하여 천은(天恩)을 입기 위한 바
  른 길로, 서울에 올라가기로 결심. 그리하여 그 후 1901년에 몰적(沒籍)에 대
  한 복권이 내려 선조의 설분(雪憤)을 신원(伸寃)하고, 대대적으로 조상들의 묘
  소를 찾아 비석을 세우고 위토답(爲土畓)을 크게 마련, 종친회를 구성하여 제

향(祭享)케 하였다 한다.

* 귀인(貴人) : 고종 황제의 상궁으로 후궁이 된 엄귀비(嚴貴妃)를 모시었고, 영친왕 이은(李垠),즉 황태자 영왕의 보모가 된다. 영친왕이 일본에서 귀국하여 서울에 올라갈 때 김천에 잠시 정차, 송정의 정걸재에 들러 송설당을 만나보고 갔다 한다.

* 큰 기와집 : 송설당의 국문가사 중 "서북창문 열어놓고 인왕북악 바라보니"라는 구절에서 보듯, 서울 덕수궁 근처 무교동 94번지에 지은 큰 기와집(약 200평)의 당호가 송설당(松雪堂)이다. 문집에도 "눈발을 딛고 일어선 소나무처럼 살았기에 감히 송설당(松雪堂)이라 자호(自號)한다"는 기록이 있는 것으로 봐서 고종 황제가 지어준 호는 아닐 것으로 본다. 또한 "삼동(三冬)에도 타고난 성품을 더럽히지 않는 눈 속의 소나무(雪中松)"라고 읊은 대로, 평소 청송백설(靑松白雪)의 고고한 자태와 절개를 애호하였다. 송설당의 「백설(白雪)」이란 시에 이런 싯귀가 있다. "창송(蒼松)하에 비껴 앉아 설경산천 바라보니,/천수만수 가지가지 춘색(春色)이 난만하고,/기중에 독립창송(獨立蒼松) 더욱이 유색하여,/양춘(陽春)을 화답하니 만고불변 송설(松雪)인가."

* 암각서(岩刻書) : 시주 불사(佛事)한 전국 명산대찰, 즉 금강산, 북한산, 속리산 복천암, 경북 청암사 등에 있는 큰 바위에 최송설당 호를 음각(陰刻)하여 새겨두니, 그 바위가 더 아름답게 보인다.

* 신원(伸寃) : 증조부의 외가가 홍경래의 난에 가담하여 그 화가 최씨 일문에 미쳐 증조부가 옥사하고 조부는 전라도 고부(古阜)로 귀양감에, 부친 최창환과 그 어머니가 함께 따라갔다. 귀양지에서 조부가 별세하자 부친이 김천으로 이사와 정착한 후 최송설당을 낳았다. 그런 연후로 인근 지방 사람들은 최송설당을 일컬어 "고부 할머니" 또는 "고부 할매"라 불렀다.

* 석숭 같은 만재(萬財) : 1929년도에 부동산 20만 1,100원, 저금 32만 원(현재 시가 100억 원)을 제공하여 학교 설립을 신청하였다. 1931년 2월 9일에 재단법인 송설학원 등록, 3월 17일 김천고등보통학교 설립 인가. 처음에는 조선총독부가 민족정신을 함양하는 인재 배출을 우려하여 인문학교 설립 신청을 인가하지 않고 실업학교 전환을 종용·회유하다가, 최송설당의 완강한 거부와 불퇴전의 노력으로 인문학교에 실업학교 교과를 가미하는 식으로 완화하

여 설립 허가를 하였다. 그 당시 총독부 관원들도 송설당을 함부로 대하지 못하고 교류하는 고관 부인들도 존경한 것으로 보인다. 고하 송진우, 만해 한용운, 방응모, 이인, 몽양 여운형 등 한국의 큰 인물들과 교류하였고, 유명 신문들이 다 칭송할 정도의 치마 두른 여걸(女傑)이요 여장부(女丈夫)였다.

* 어머니의 당부 : 송설당이 61세 되던 해, 어머니 정씨가 "이제 네가 할일은 네 전 재산을 교육 사업에 바칠 일이다" 하시고 80세에 돌아가셨다.

* 정걸재(貞傑齋) : 김천시 부곡동에 먼저 준공된 강당을 임시 교사로 하여 1931년 5월 9일에 개교하고, 5학급을 증설하기 위해 서울 자택과 가구 및 값진 물건 일체를 팔아 더 내놓아 붉은 벽돌 2층 본관을 세웠다. 그리고 학교 뒤 고성산(孤城山) 아래의 송정(松亭)에 궁궐 짓는 수준 높은 대목수(大木手)의 솜씨로 새로운 서재 정걸재를 지어 만년에 기거했고, 그 옆에 있는 취백헌(翠白軒)은 안채로 사용했다.

* 강당과 붉은 벽돌 본관 : 몽양 여운형 선생이 개교식에 참석, 김천 고을에 세워진 학교 의 우람한 건물을 보고서, 축사하기를 "김천고보는 영남의 오아시스"라 했다 한다.

* 활불(活佛) : 평소에 전국 여러 큰절에 시주(施主)를 많이 하고 절을 수축하는 등 불심(佛心)이 돈독하여, 살아 있는 부처(活佛)라 했다 한다.

* 장부(丈夫) : 송설당의 한글가사 「술지(述志)」의 내용 중에, 다음 생(來生)에는 사내로 태어나 출사(出仕)하여 어진 임금을 만나 나라를 위해 큰일을 하고 아름다운 이름을 길이 남기고 싶다 노래한 구절이 있으니, 요약하면 다음과 같다. "인간 삼락(人間三樂) 좋다 한들 내 몸이 아녀자 되고, 삼종지의(三從之義) 지중하나 내 몸에는 관계없다. 이 세상에 쌓인 한을 영명하신 상제(上帝) 전에, 차례차례 발원(發願)하여 백두산 아래 남쪽 나라, 삼천리 화중세계 효자충신 적선가(積善家)에, 장부(丈夫) 몸으로 태어나서 사서삼경 육도삼략, 요순우탕(堯舜禹湯) 임금 만나 국가사업 다한 후에, 동서양의 위인으로 유방백세(遺芳百世)하여볼까."

* 동상(銅像) : 전 재산을 몽땅 바쳐 학교를 설립하니, 그 위대한 정신을 기려 1935년 11월 30일 개교 4주년 기념식 날 교내에 동상을 설립하여 송설당에게 헌증하였다.

* 최송설당의 유지(遺志)로 본 건학정신(建學精神) : 永爲私學 涵養民族精神 一人
定邦國 一人鎭東洋 克遵此道 勿負吾志(길이 학교를 유지하여 민족정신을 함
양하라, 한 사람이 나라를 바루고 한 사람이 동양을 진정케 하나니, 이 길을
따르고 지켜 내 뜻을 버리지 마오)
* 송설당의 한시(漢詩) 소나무(松) : 담장 안에 심은 소나무 한 자 남짓하여, 가지
와 잎 몇 성상 겪었느냐고 물었더니, 내 나이 이미 늙음을 비웃기나 한 듯, 다
른 날 동량(棟樑) 됨을 보지 못하리라네.

참고문헌

『松雪堂集 2』, 崔恩喜의 글「최송설당 잊지 못할 여류명인」,『영남일보』
1975.9.3,『한국일보』1981.5.24,『송설 60년사』1991.12.31, 〈보리숭이의 방
—송설장학회〉

치바이스(齊白石)* 전시회

도골(道骨)의 마음 착한 선한 인상 백석노인(白石老人),

곤궁한 소년 시절 목각(木刻) 일 시작으로,

시서화(詩書畵) 일가(一家) 이루어 중화(中華)에서 거장(巨匠) 됐네.

한평생 몸 낮추고 일필휘지 붓 놀려서,

화선지 흰 바탕 위 삼라만상 되살아나,

꽃 피고 새가 날으고 물 흐르니 고기 뛰네.

살아서 장수하고 죽어서 이름 남겨,

명성은 더욱 높고 만국(萬國)에서 알아보니,

허다히 남긴 작품들 천만금도 가볍구나.

* 치바이스(齊白石, 1864~1957) : 본명 제황(齊璜). 호 백석(白石). 중국 후난성(湖
  南省) 샹탄(湘潭) 출생.
  한중수교25주년 기념 전시회, 예술의전당 서예박물관(2017.7.31.~10.8)
  〈고주도해도(孤舟渡海圖)〉의 화제시(畵題詩) ─ 치바이스

  쉼없이 호수 건너고 바다를 건너,　　渡湖過海不知休
  원하던 걸 이루며 맘껏 돌아다녔네.　得逢初心從遠游
  고향으로부터 만 리 길 걸을 때까지,　行層烟波家萬里
  고난을 함께한 것은 배 한 척뿐이네.　能同患難只孤舟

참고문헌
「平和를 그리다 ─ 치바이스의 詩 刻 書 畵 일체언어」, 이동국(서예박물관 수석
  큐레이터)

아름다운 사람들

기다림 - 평화의 소녀상*

순하고 눈물 어린 단발머리 어린 소녀,
저고리 짧은 치마 맨발로 의자에 앉아,
가녀린 손 불끈 쥐고 어느 곳을 응시하나.

비 오나 눈이 오나 무덥거나 추운 날도,
옷고름 단정히 매고 꼿꼿이 한자리서,
언제나 입 꼭 다물고 무슨 말을 고대하나.

옆에 둔 빈 의자에 동기라도 찾아와서,
어깨에 손을 얹어 다정한 말 건넬 건가,
서쪽에 노을 붉은데 기쁜 소식 아니 오네.

털모자 씌워주고 목도리도 둘러주고,
뒤꿈치 든 맨발에 예쁜 양말 신겼는데,
어깨 위 날아와 앉은 새도 울지 않는구나.

꽃잎이 물에 둥둥 소리 없이 떠내려간,
물가에 홀로 앉아 흐르는 물 바라보듯,
오늘도 기다리는가 지난날이 애처롭네.

* 2011년 12월 14일 서울 종로구에 세워진 이 평화비는 김서경 · 김운성(부부) 작가가 민간단체(한국정신대문제대책협의회)의 의뢰를 받아 만든 아름다운 작품인데, 제 작준비 단계에서 자문을 받은 저간의 과정이 있다고 한다.

서울시 종로구청에 비 건립에 대한 사전 문의를 해서 조언에 따라 수정해서 추진한 부분이 있다. 건축사 출신인 김영종 구청장이 개요를 들어본 후, 예술 작품이라면 방법이 있지만, 정치나 외교적으로 연관되는 비석이나 동상 건립 허가는 불가하다고 말했다. 그 아이디어로, 유관순처럼 흰 저고리에 검정 치마를 입은 단발머리 소녀가 의자에 앉아 손을 불끈 쥐고, 15도 방향으로 한 곳을 바라보는 모습으로 하고, 그 옆에는 팔을 벌려 소녀에게 어깨동무할 수 있을 정도 가깝게 빈 의자 하나를 더 설치하면 좋을 것이다. 그리고 그 조형 물 제목은 '평화비' 대신에 '기다림'으로 하여, 어린 소녀가 사과를 기다리고 있다는 것을 상징함으로써, 보는 사람들에게 감동을 줄 수 있겠고, 또한 소녀 상 뒤에는 어제의 소녀가 이제 할머니가 된 것을 그림자 등으로 나타내도록 하면 되겠다. 동상이나 비석을 세우고자 하면 어렵겠지만, 조각 작품은 예술 품인데 왜 세우지 못하겠는가라는 생각으로 구상을 해주었다는 것이다. 그러 나 작품명은 당초 김영종 구청장이 제안했던 '기다림'이 아닌, '평화비'로 새 겨져 있다.

이 작품의 제작비는 시민 모금으로 충당했고 부족한 것은 당시 18대 국회의 원인 최영희 여성가족위원장의 노력과 정몽준 의원 등 90여 명이 모금 활동 에 참여하였다고 한다. 이제는 소녀상이 공공 조형물로 등록되었다.

한편, 현재 서울 종로구청은 한국의 정체성을 나타내는 한국전통의 '한'자 다 섯 가지(한복, 한옥, 한식, 한글, 한지)를 선정하여 보존하고 지키기 운동을 계속하고 있다.

월턴 해리스 워커 장군*

인상이 불독이면 그 용맹은 사자였다.
낙동강 방어선을 기필코 사수했고,
무적의 군대를 지휘 이 땅을 수호했네.

범 같은 장수라도 부정(父情)은 똑같아서,
참전한 대위 아들* 무공 세워 기뻐했고,
부자(父子)가 대한민국에 크나큰 공 세웠네.

해마다 이국 땅에 진혼곡이 울리나니,
진군의 나팔 소리 멈춘 지가 육십칠 년,
워커힐 언덕 아래는 한강물이 흘러가네.

* 고(故) 월턴 해리스 워커 장군(The Late General Walton Harris Walker , 1889~1950) : 텍사스주 벨턴 출신인 워커 중장은 주한 미8군 초대 사령관으로서 한국에 파견되었다. 1950년 7월 29일 낙동강 전선을 시찰하고, 방어선 사수를 명령하여 전선을 지켜냈고, 한국 전선에 함께 참전한 외아들 샘 S.워커 대위의 은성무공훈장 수여식(1950.12.23)에 참석하러 가다가 현재 도봉구 도봉동에서 지프차 사고로 사망했다(61세). 알링턴 묘지에 묻혔고, 해마다 한국에서 추도식이 열리고 있다. 낙동강 전선에서 "I will stay here to protect Korea until my death(내가 여기서 죽더라도 한국을 끝까지 지키겠다)."라는 말을 남겼다.
* 워커 장군은 육군대장으로 추서되고, 한국 중서부전선 미 24사단 19연대 최전방 중대장이던 외아들도 또한 그 이후 아버지와 같이 미국 육군대장이 되었다.

계룡리 용바위* - 용추원

오룡동(五龍洞) 굽이 돌아 계곡의 깊은 물에,
용(龍) 되려 큰 구렁이 물 가운데 서려 있는,
계룡리(溪龍里) 마을 앞에는 큰 시내가 흐른다.

포근한 산 뒤에 있고 먼산은 서기(瑞氣) 있어,
앞들에 큰길 나니 인마왕래(人馬往來) 끊임없고,
반드시 높아야만이 명산(名山)이 아니라네.

산기슭 아랫동네 깊숙이 들어가니,
기이한 큰 바위가 마당 옆에 우뚝하여,
태곳적 모습 지니고 변함없이 앉아 있어,

사람들 말하기를 저 바위에 기(氣)가 뭉쳐,
이 터에 살던 이*가 큰 재물을 일으켜서,
대지(大地)가 만물(萬物)을 품듯 들고나며 뜻 펼쳤네.

* 계룡리(溪龍里) : 충북 영동군 추풍령면 계룡리(추곡(楸谷)마을).
* 용바위 : 이필우 회장의 별장 용추원(龍秋園) 집마당(고향)에 있는 엄마바위.
* 이 터에 살던 이 : 서봉 이필우(李弼雨). 1931년 충북 영동군 황금면(추풍령면)
 계룡리 출생. 1968년 동일운수 사장, 1990년 동일그룹 회장, 11대 국회의원
 (국민당 전국구, 국방위원회 간사), 1981년 국민당 재정위원장, 2000년 재경
 영동군민회 회장, 2006년 충북도민회(충북협회) 회장(現), 2010년 경주이씨
 종친회 중앙화수회 회장(現), 2011년 서울대 행정대학원 국가정책과정 총동
 창회 회장, 표암 장학재단 이사장(現)

단양 관기 두향(杜香)

수려한 산과 강이 예부터 있었으나,
고사(高士)*가 심방하니 비로소 이름 빛나,
구담봉 맞은편 바위 명승으로 거듭났네.

고결한 사또님은 이곳 경치 사랑하여,
한 떨기 흰 매화가 차가움 속 꽃이 피듯,
가냘픈 나어린 관기 두향이를 아꼈는데,

함께한 그 시간은 일 년이 채 못 되나,
이별로 상심했던 그 세월은 길고 길어,
강선대 너럭바위서 나눈 정이 깊어라.

그리움 가슴에 담고 가는 사람 애달프고,
헤어져 눈물 짓는 남은 이도 구슬프다.
술로도 잊을 수 없고 거문고도 소용 없어,

거문고 주야로 탄들 시름 어이 잊을손가.
매화꽃* 아무리 본들 그리운 님 멀리 있어.
살아서 이별했는데 죽어서야 만났으리.

애닯다 설워 마오 모든 이름 잊혀지는데,

아직도 아름다운 지난일로 회자(膾炙)되니,

청풍호 푸른 강물처럼 오래도록 남으리.

* 고사(高士) : 퇴계(退溪) 이황(李滉) 선생. 선생의 나이 48세에 두 번째 부인이 죽
  고 둘째 아들마저 잃은 터에 큰형이 을사사화(乙巳士禍)로 죽은 이후 외직(外職)
  을 청하여 충청도 단양군수로 내려갔다. 그때 19세의 어린 관기(官妓) 두향(杜
  香)이 선생을 흠모하였다. 봄에 부임하여 9개월 정도 근무했을 때인 그해 10
  월에 선생의 넷째 형(해)이 충청도 관찰사가 되자, 상피(想避)제도에 따라 곧
  풍기군수로 다시 전임되어 가니, 청렴하나 떠나는 그 행장은 외로웠다.
* 매화(梅花) : 이별하고 떠나는 퇴계에게 기생 두향은 매화 화분 하나를 선물
  했고, 선생은 죽을 때까지 그 매화를 보고 수많은 시를 짓고, 죽는 날 아침에
  도 수발드는 제자에게 방안에 놓인 매화 화분에 물을 주라 하였다. 그리고 기
  적(妓籍)에서 빼준 뒤 단양에 남아 있는 두향은 평소 퇴계와 만나 풍류를 즐긴
  남한강 강선대(降仙臺) 아래에서 거문고 타며 살다가, 퇴계(69세)의 부음을 듣
  고 안동(安東)까지 내려가 멀리서 곡(哭)하고 돌아와 물에 빠져 죽으니, 그녀의
  유언에 따라 강선대 아래에 묻어주었다. 지금은 청풍호(淸風湖, 충주호) 수몰로
  그 위쪽으로 이장하고, 해마다 제를 지낸다.

황간(黃澗) 한천정사와 유허비

해 질 녘 한천정사(寒泉精舍) 다시 찾아 둘러보며,
대문 앞 디딤돌과 마루 끝에 걸터앉아,
선조(先祖)*의 옛 흔적 어디 남아 있나 살펴볼 때,

고적한 빈방에는 사람 자취 나지 않고,
담넘어 초강천(草江川)에 산양벽(山羊壁)*은 예와 같이,
우뚝히 솟은 웅자(雄姿)만 변함없이 마주 보이네.

언덕 위 비각(碑閣) 안의 유허비(遺墟碑) 비석돌*엔,
'송선생(宋先生)' 존칭 각자(刻字) 고즈넉이 새겨 있고,
심묘사(深妙寺) 옛 석탑 부재* 담장 밑에 놓여 있네.

* 선조(先祖) : 都始祖 宋柱恩(殷, 唐, 京兆, 戶部尙書 800年 歸化)—6世孫 宋舜恭—10世孫 宋自英(長男 宋惟翊 : 礪山宋氏, 次男 宋天翊 : 恩津宋氏, 三男 宋文翊 : 瑞山 宋氏)—鼻祖 宋天翊 (恩津君, 恩津宋氏)—後孫/始祖 宋大原(堅, 川支公, 高麗 恭愍王, 判院事, 1世)—宋得珠(2世)—宋春卿 (3世)—宋明誼(執端公, 4世, 懷德 黃判書 塔郞)—宋克己(進士公, 5世, 柳祖妣 高興柳氏)—中興祖 宋惟(雙淸堂, 6世)—宋繼祀(持平公, 7世)—宋順年(正郞公, 8世)—宋汝諧(府使公, 9世)—宋世良(參奉公, 10世)—宋龜壽(11世)—宋應期(12世)—宋甲祚(13世)—宋時烈(尤庵 文正公派, 14世, 1607~1689)—宋基泰(15世)—宋茂錫(經歷公派, 16世)—宋明源(通德郞公, 字 景道, 號 直庵 1世)—宋武相(字 景彬 18世)—宋懊愼(字 叔近 19世)—宋景圭(字 明吾 20世)—宋欽八(字 士元, 21世)—宋魯洙(字 聖遠, 22世)—宋秉瑄(字 官玉 魯憲, 관23世)—宋晚憲(字 在成, 24世)—宋在伯(字 鎔百, 25世)—宋俊鎬(26世)—宋永起 (字 柱昊, 號 楡山, 都雲, 27世)—宋文根(28世)

* 유허비(遺墟碑) : 우암(尤庵) 송선생 유허비.

* 산양벽(山羊壁) : 한천팔경 중 제2경으로 한청정사(寒泉精舍) 맞은편에 있는 제2경 월류봉(月留峰)의 동쪽 석벽.

* 석탑 부재(副材) : 황간 반야사(般若寺)보다 먼저 있었던 큰절인 심묘사(深妙寺) 석탑 받침돌 하나로 추정된다. 그 절터에 한천정사가 있다.

제6부

도운 기행

청간정(淸澗亭) 동해 파도

고성의 해변에서 하룻밤을 보내는데,
동해서 밀려오고 밀려가는 파도 소리,
내 마음 깊은 번뇌 밤새도록 씻어갔네.

바닷속 잠긴 용의 승천 위한 몸부림이,
바위와 모래뻘을 부딪치고 솟구치며,
큰 파도 큰 물결 일며 굉음 내고 소리치네.

백사장 모래 위를 끊임없이 철석이며,
이 땅에 이 하늘에 분노하며 울부짖고,
동해물 뒤집고 말며 태산처럼 밀려오네.

어둑한 수평선 위 먹구름이 덮인 하늘,
한 줄기 맑은 빛이 운무 속에 감춘 채로,
여명의 이 아침 바다 물결 위에 반짝이네.

고성, 금강산 건봉사(乾鳳寺)

외금강(外金剛) 멀지 않은 강원도 북부 지역,

예전엔 본산(本山)*으로 말사(末寺)를 거느렸던,

사세(寺勢)가 관동 제일인데 뒤바뀐 지 오래네.

이 절에 보고 갈 것 불이문(不二門)*과 팽나무요,

언덕 위 왕소나무 불타는 절 지켜봤고,

절 앞의 돌절구 다섯 지난 영화 덧없구나.

만대의 윤왕(輪王)이요 삼계(三界)의 주인*이신,

부처님 가신 지가 까마득한 전설인데,

아직도 진신사리탑 창호 너머 고요하네.

불이문 석주(石柱)에다 금강저를 새겨놓아,

일주문이면서도 금강문 역할 하고,

문 옆의 팽나무 고목 사백 년을 함께했네.

건봉산 내린 물은 능파교(凌波橋)* 밑 흘러가고,

무지개 다리 건너 대석단(大石段)을 지나면서,

봉서루(鳳棲樓)* 높이 걸려있는 절 현판*을 바라본 후,

길다란 돌계단을 오르다가 멈춰서서,

큰 누각 통로 통해 대웅전의 현판 보니,

법당 안 좌정해 계실 금부처님 떠오르네.

내금강 장안사(長安寺)와 마하연(摩訶衍)과 표훈사(表訓寺)의,

봉서루 누마루에 걸려 있는 옛 사진들,

법기봉(法起峰) 보덕암(普德庵) 주지 백호(白虎) 스님* 생각나네.

산영교(山神閣) 다시 건너 산신각 올랐다가,

산기슭 은밀한 곳 적멸보궁 들어서자,

빈 법당 터진 벽 너머 큰 석종*이 장중한데.

은은한 염불 소리 경건한 참배자들,

언덕 위 저 소나무 절 입구에 놓인 돌확,

예전에 스님 많았던 큰 절임을 증명하네.

* 본산(本山) : 건봉사가 건봉산에서 일어난 화재와 6·25 동란 때 전소되기 전
  에는 낙산사, 백담사, 신흥사 등 강원도 여러 절들을 거느린 대사찰이었으나,
  지금은 설악산 신흥사의 말사가 되었다. 임진왜란 때는 사명대사의 승병들을
  먹일 쌀을 씻는 흰 뜨물이 시내를 가득 흘러내려 흘렀을 정도로 승병들이 머
  물렀다 한다.

* 불이문(不二門) : 일주문에 해강(海岡) 김규진(金圭鎭)의 글씨로 새겨져 있다.
* 만대의 윤왕(輪王)이요 삼계(三界)의 주인 : 적멸보궁 주련의 내용을 인용한 것이다. "萬代輪王三界主 雙林示滅幾千秋 眞身捨利今猶在 普使群生禮不休(만대의 윤왕이요 삼계의 주인이신 부처님, 쌍림에서 열반에 드시고 세월 얼마나 흘렀던가. 부처님 진신사리 아직도 있으니, 교화 받은 뭇 중생 예불 그치지 않네."
* 능파교(凌波橋) : 무지개 다리(虹橋). 산영교(山映橋)가 원래 이름이다.
* 봉서루(鳳棲樓) : 중층 누마루.
* 현판 : "金剛山 乾鳳寺"라고 초당(草堂) 이무호(李武鎬) 선생 글씨가 새겨져 있다.
* 법기봉(法起峰) 보덕암(普德庵) 주지 백호(白虎) 스님 : 나의 종조부(從祖父)는 속명(俗名)이 은진인(恩津人) 죽포(竹圃) 송용만(宋鏞萬, 1896~1955), 법명은 백호(白虎) 또는 백허(白虛)로 일제강점기에 금강산 보덕굴과 장안사 주지를 지냈고, 그 시기에 비밀리에 독립운동을 했다고 전한다. 건국기에는 내무부 장관 백성욱(白性郁) 스님의 비서실장이었고, 동국대 역경원장을 역임했으며, 공주 마곡사 은적암에서 입적했다. 금강산 보덕굴 요사채가 화재로 불타서 다시 지었다는데, 대들보 안에 상량문 기록이 있다고 들었다.
* 석종(石鐘) : 세존령아탑(世尊靈牙塔)으로 임진왜란 때 왜군이 양산 통도사에서 가져간 것을 사명대사가 사신으로 갔을 때 되찾아온 부처님 치아사리 3과(果)가 모셔져 있다고 한다. 5과는 종무소에서 보관하며 만일염불원(萬日念佛院)에서 대중이 친견하도록 공개한다. 본래 치아사리가 12과인데 도굴꾼이 훔쳐 갔다. 부처님이 꿈에 여러 번 나타나 "사리를 돌려주라" 하니 무서워 모텔에 8과를 두고 갔고 4과는 도굴꾼 한 명이 가져갔다. 세계적으로 부처님 치아사리는 총 15과로, 12과가 한국에 있고 그중 8과가 건봉사에, 4과는 도굴꾼이, 나머지 3과는 스리랑카 절에 봉안되어 있다.

고성, 금강산 화암사(禾岩寺)

십 년 전 왔을 때와 오는 길이 달라졌고,
절마당 들어서니 예전에 본 전각 없이,
앞산에 저 수바위는 변치 않고 우뚝하네.

그 너머 울산바위 병풍 편 듯 여전한데
법당 안 부처님은 새롭게 모셔졌나,
곳곳이 정비되었고 절 이름은 그대로네.

가파른 산길 올라 왕관바위 바라본 뒤,
언덕 위 미륵대불 우뚝하게 세워진 곳,
해 질 녘 높은 대에서 푸른 동해 조망하네.

계곡물 바위 치며 소리내고 흘러감에,
산속이 조용하여 멀리까지 들려오고,
대웅전 주련* 읽고서 스님에게 뜻 묻네.

* 대웅전 주련
  圓覺山中生一樹 開花天地未分前
  非靑非白亦非黑 不在春風不在天
  無去無來亦無住 無一物中無盡藏
  夜靜水寒魚不食 滿船空載月明歸

원각산 가운데에 나무 한 그루 자라나서,
천지가 나누어지기 전에 꽃은 피었네.
푸르지도 하얗지도 그렇다고 까맣지도 않고,
봄바람에도 없고 하늘에도 있지 않네.

오고 감이 없고 또한 머무른 바도 없지만,
한 물건도 없는 속에 무진장의 보배가 들었구나.
고요한 밤 물이 차서 고기 물지 아니하고,
빈배 가득 달빛 싣고 무심하게 돌아오네.

樹下降魔(苦行修道)相 (설명 옮김)
29세에 출가한 싯다르타는 구도자 보살로서의 삶은 이루 말할 수 없는 고행
의 삶이었다. 극도의 고행으로서 '위 없는 깨달음'(무상보리)을 얻으려 무진
애를 썼다. 그러나 6년의 갖은 고행이 최상의 깨달음이 아님을 알아차리고 6
년 금식 고행의 수행 생활을 청산하고, 수자타의 우유죽 공양으로 기운을 차
리게 된다.

이렇게 수자타의 우유죽 공양을 드신 보살은 넓은 그늘을 드리운 피팔라나무
(보리수)에 이르러 주위를 세 바퀴 돈 뒤 길상(吉相)이란 뜻의 이름을 가진 솟
띠아로부터 길상초를 받아 반석 위에 고르게 펴서 깔고 동쪽을 향해 몸을 바
르게 세우고 호흡을 고른 후 보살은 맹세하였다. "여기 이 자리에서 내 몸은
메말라 가죽과 뼈와 살이 다 없어져도 좋다. 저 깨달음을 얻기까지는 이 자리
에서 결코 일어나지 않으리라!" 갖은 마라(악마)의 유혹에도 굴하지 않고 깊
은 명상에 들어, 칠 일째 동쪽의 새벽녘 샛별을 보고 드디어 보살은 모든 미
혹의 번뇌를 일순간에 다 끊어버릴 '아뇩다라 삼막삼보리' 무상보리의 정각
(正覺)을 이루었다. 태자 나이 35세 때 12월 8일의 일이었다.

49일간 선정에 든 후 "내 이제 감로의 문을 여나니 귀 있는 자는 들어라. 낡은
믿음을 버리고……" 함께 고행을 닦았던 아야교진여 등 다섯 비구에게 처음
으로 가르침을 설하는데 이를 초전법륜(初轉法輪)이라 하며 이들은 석가모니
의 첫 제자가 되었다.

그해 다섯 달 사이*－영월 청령포(淸冷浦) 단종(端宗)*

1. 초여름 유배길

영월서 뗏목 타면 한양길이 사흘인데,
우화루(雨花樓) 헤어진 후 유배길은 이레 됐네.
오십 명 호종꾼 따라 도착한 곳 이포나루.

오는 길 목이 말라 여주에서 물 마시고,
백성들 길목에서 안타까워 통곡하니,
두고 온 가련한 왕비 동망봉(東望峰)서 애태우리.

선돌(立石)길 지나와서 청령포구 당도하자,
앞에는 깊은 강물 어소(御所) 뒤엔 육육봉(六六峰)이,
둘러싸 안전하다만 적막하고 길 막혔네.

보령은 연소하나 제왕학을 일찍 배워,
세상사 안다마는 감당할 길 바이 없고,
의지할 데가 없으니 앞날인들 어이할까.

2. 홍수 난 유배지

낮에는 관음송에 걸터앉아 시름 달래,
절벽에 올라서는 서북쪽을 바라보며,
그리움 가슴에 담고 막돌 주워 돌탑 쌓네.

매죽루(梅竹樓) 밤에 올라 피리를 불게 하나,
만 가지 근심 걱정 지울 길이 하 없어서,
밤마다 잠들지 못해 한을 안고 뒤척였네.

윤유월 떠나온 후 두 달간을 청령포서,
홍수로 거처 옮겨 관풍헌의 객사에서,
가을엔 금부도사가 문밖에 와 부복했네.

가련한 어린 임금 무슨 말로 고하오리,
청령포 말을 내려 시냇가에 앉았더니,
주천강(酒泉江) 무심한 강가 금부도사* 울며 가네.

3. 그해 늦가을

동강에 버려지니 강물 위에 떠다니고,
호장이 밤을 도타 사슴이 앉았던 곳,
눈 녹은 자리 선산에 암장하고 몸 숨겼다.

봉래산 기슭 아래 푸른 강물 도도한데,
치마를 뒤집어쓴 시녀종인 몸 던지고,
육십 년 지나가도록 세월 속에 묻혔더라

사방을 둘러봐도 엄호할 자 이미 없고,
갸륵한 문신들이 비분강개하였지만,
의지할 가지가 약해 하늘인들 어이하리.

앵두는 이미 익어 가지마다 총총한데,
늘어진 수양버들 한낮이라 더욱 청청,
날새는 하늘 높이 떠 먹이 찾아 바삐 가네.

* 단종 : 문종의 장남으로 12세에 즉위하여, 재위 3년 상왕위 2년에 노산군으로
  강봉하여 영월에 유폐되었다가 17세에 승하했다.

「寧越郡樓作」(단종)
　　　　　一自冤禽出帝宮 孤身隻影璧山中,
　　　　　假眠夜夜眠無假 宮恨年年限不窮,
　　　　　聲斷曉岑殘月白 血流春谷落花紅,
　　　　　天聾尙未聞哀訴 何奈愁人耳獨聰

　　　　　천고원한 가슴 품고 나온 이 몸이,
　　　　　깊은 산중 외론 신세 처량하구나.
　　　　　밤마다 잠 비려도 잠 오지 않고,
　　　　　해마다 해는 가나 시름 못 가네.
　　　　　새벽녘 우는 두견 이 시름 하냥하고,
　　　　　봄 골짝 지는 꽃 내 눈물 뿌렸다오.
　　　　　애 끊는 이 하소를 하느님 왜 못 듣고,
　　　　　한 많은 사람들만 귀 밝으니 웬일이오.

「子規樓詩」(단종)
　　　　　月白夜蜀魄秋 含愁情依樓頭,
　　　　　爾啼悲我聞苦 無爾聲無我愁,
　　　　　寄語世上苦勞人 愼莫登春三月子規樓

　　　　　두견이 슬피 우는 달 밝은 밤에,
　　　　　시름을 품에 품고 다락 오르니,
　　　　　네 울음 가여워서 나 듣기 처량하다.
　　　　　네소리 없고 보면 내 시름도 없을 것을,
　　　　　여보게 세상에 원통하고 괴로운 사람들아,

아예 봄철에 이 다락 올라 저 두견 들지를 마오.

* 금부도사 : 왕방연(王邦衍). 폐위된 단종을 영월로 호송한 그해 사약을 진어한
  금부도사.

「懷端宗而作時調」(왕방연)
      千里遠遠道 美人別離秋,
      此心未所着 下馬臨川流,
      川流亦如我 嗚咽去不休

      천만 리 머나먼 길 고운 님 여의옵고,
      이 마음 둘 데 없어 시냇가에 앉았으니,
      저 물도 내 안(心) 같아야 울어 밤길 예놋다.

참고문헌
『한국역대 명시전서』, 문헌편찬회편, 1959.

도운 기행

원주, 거돈사지(居頓寺址)*

횡하니 넓은 평지 남서쪽 끝 축대 위에,
두 팔을 높이 벌린 큰 고목이 하늘 향해,
거돈사 옛 절터임을 상징하듯 서 있구나.

현계산 낮은 구릉 잘 정돈된 빈터에는,
우뚝한 삼층석탑 중심축에 자리잡고,
배례석(拜禮石) 큰 연꽃 무늬 천년 세월 무색하네.

잔디 위 엎드려서 석탑에 삼배하고,
돌계단 올라가서 우뚝한 불좌대(佛座臺)에,
부처님 앉아 계신 듯 우러르며 합장했다,

강당(講堂)지 승방(僧房)지의 넓은 빈터 뒤편에는,
아직도 옛 우물에 물이 솟아 고여 있고,
촉촉이 젖은 수채에 돌미나리 총총하네.

북쪽에 원공대사(圓空大師)* 부도탑이 자리했고,
동쪽에 최충(崔冲)이 쓴 탑비석이 우뚝한데,
흰 구름 맑은 창공에 높이 떠서 흘러가네.

충청 놀이 결린 저럴

* 원주 거돈사 : 신라말 고려초에 원주 부론면에 세워진 큰 절로 임진왜란 때 불타서 소실되었다. 사적 168호.
* 원공대사승묘탑비(圓空大師勝妙塔碑) : 대사의 이름은 이지종(李智宗), 자는 신측이고 전주 출신으로 신라 경순왕 4년(930)에 태어났다. 8세에 머리 깎고 중이 되어 17세에 영통사에서 수계를 받고 혜초 문하에서 공부한 후 선과(禪科)에 합격했다.

고려 광종이 중국문화를 대량 도입하여 제도를 개혁하니 중국 유학하는 승려가 많았지만, 그다지 중요하게 생각지 않다가 30세 때 꿈에 증진대사(證眞大師) 찬유가 나타나 권하므로 오월국(吳越國)에 들어가 천태교의를 배웠다. 고려 광종 21년 41세 때 또 찬유가 꿈에 나타나 귀국을 종용하므로 돌아와 광종으로부터 대사 법계를 받고 또 중대사가 되고, 경종 때 삼중대사가 되었다. 성종 때 왕 앞에서 강설하고 목종 때 선사, 성종 때 주지, 현종 때 대선사, 84세에 왕사(王師)에 봉해졌다고 전해진다.

현종 9년(1018) 4월에 원주 현계산(賢溪山) 거돈사로 하산 은퇴하고 그달 17일에 89세로 입적하니, 시호가 원공(圓空), 탑의 명칭은 승묘(勝妙)이다.

승묘탑비(勝妙塔碑)는 고려 현종 16년(1025)에 상서이부낭중 최충(崔忠)이 짓고, 글씨는 예빈승(禮賓丞) 김거웅(金巨雄)이 중국 구양순, 구양통 부자의 단정한 필법으로 쓰고, 각자는 승려들이 새겼다 한다.

참고문헌 : 『한국민족문화대백과사전』

원주 법천사지(法泉寺址)

법천천(法泉川) 다리 건너 발굴 중인 넓은 평지,
수많은 석재들이 한 마을에 널려 있고,
노거수(老巨樹) 속을 비운 채 큰 고목 돼 터 지키네.

차가운 하늘에 뜬 흰 구름이 흐르는 낮,
옛 절터 인적 없는 돌계단에 혼자 올라,
내 마음 다 비운 채로 텅 빈 마당 굽어보네.

한겨울 찬 바람이 소나무 숲 훑고 가니,
쏴 하는 송풍 소리 이 마음이 쇄락한데,
정오의 빗긴 햇볕에 탑비 글씨 또렷하고.

무성한 마른 갈대 앞 개울에 흔들리는,
명봉산(鳴鳳山) 낮은 언덕 지광국사(智光國師)* 탑비(塔碑)에는,
세필(細筆)의 정교한 각자(刻字) 깔끔하고 단아해라.

귀갑문(龜甲紋) 왕자(王字) 무늬 가사 입은 돌거북은,
일천 명(一千名) 제자 이름 새긴 비석 등에 지고,
왕방울 눈 부릅뜬 채 가가대소(呵呵大笑)하는구나.

* 지광국사(984~1067) : 본명은 원해린(元海麟)으로 16세(999)에 출가, 왕사 국
  사로 불리었고 84세에 입적하였다. 고려 선종 2년(1085)에 그 업적과 일생을
  기록한 탑비를 세우니, 비석 뒷면에는 그 제자 1370명의 이름을 새겨놓을 정
  도로 법상종(法相宗)의 큰 스승, 고려의 큰스님이었다.

지리산 화엄사(華嚴寺)

어둠이 내려앉은 길고 긴 지리산의,
품속에 자리잡은 비 갠 후 빈 절마당은,
사람들 다 내려간 뒤 정적 속에 고요한데,

대웅전* 올라가서 방석 펴고 삼배할 때,
범종각 쇠북종은 온 산 속을 퍼져가고,
둥둥둥 큰북 소리는 어둠 속을 뚫고 오네.

각황전* 높은 전각 삼계도사 사생자부,*
올리는 저녁 예불 장엄하고 유장하여,
번잡한 한낮의 세상사 떠나온 지 오래된 듯,

절집을 떠받치는 저 우람한 기둥 높이,
뿔 달린 청룡 황룡 단청색은 바랬지만,
부둥켜안고 올려보며 여의주를 찾아보네.

* 대웅전 : 본래 석가모니 부처님을 주불(主佛)로 모신 법당을 대웅전이라 하는
  데, 이곳엔 현판과는 달리 비로자나삼존불이 모셔져 있어 '대적광전'이라고
  하는 맞지만, 인조의 숙부 의창군이 써준 대웅전 현판을 그대로 걸어두었다
  고 한다.
* 각황전 : 원래 명칭은 장륙전(丈六殿)인데, 임진왜란 때 절이 불탄 이후 벽암스

중천 놀이 걸린 저 달

님이 중창할 때 숙종이 '각황전(覺皇殿)'이라 사액(賜額)하였다. 석가모니불, 아미타불, 다보불(多寶佛) 삼존불을 주불로 모시고, 좌우에 보현보살, 문수보살, 관음보살, 지적보살(知積菩薩) 입상이 모셔져 있다. 각황전은 경복궁 근정전 다음으로 큰 규모인 목조건물로 국보 제67호.

벽암스님(1575~1660)은 속성(俗姓)이 김씨로, 충북 옥천 출신, 법명 각성(覺性), 법호 벽암(碧巖), 10세에 출가. 이순신 장군 휘하의 부장군으로 승병을 화엄사에서 훈련시키고, 귀부와 같은 용(연)의 거북선을 만들라는 제안을 이 충무공에게 했다는 말이 있다. 임진왜란에 기여한 관계로 왜군이 화엄사를 불태웠는데, 벽암스님이 중창불사를 했고, 인조 때 병자호란에 앞서 승군을 이끌고 팔도도총섭으로 활약하며 토성인 남한산성을 돌로 쌓아 보강하여 대비케 하니, '벽암 국일도대선사(國一都大禪師)'란 시호를 내렸으며, 이 비석은 헌종 4년(1663)에 세워졌다.

* 삼계도사(三界導師) 사생자부(四生慈父) : 부처님은 중생이 사는 욕계, 색계, 무색계의 삼계에서 바른 길로 인도해주시는 스승이요, 사람 짐승과 같은 태생(胎生)과 조류, 어류, 양서류와 같이 알에서 태어나는 난생(卵生), 벌레와 같이 습기에서 태어나는 습생(濕生) 그리고 제천(諸天)과 지옥에 있는 중유(中有)의 유정(有精)과 같이 다른 물질에 기대지 않고 스스로의 업력(業力)에 의해서 완성하는 화생(化生)의 자애로운 아버지로, 모든 중생들의 근본 된 스승이신 석가모니 부처님께 귀의 예배하는 예불이다.

남양주, 운악산 봉선사 – 광릉

한남엔 봉은사(奉恩寺)요 강북엔 봉선사(奉先寺)라,
생전의 두 분 왕후 선왕(先王) 위한 능침 원찰(願刹),
주야(晝夜)로 향불 사르게 해 극락왕생 비시었네.

선교종(禪敎宗) 수사찰(首寺刹)로 남북 나눠 감찰하는,
당대의 으뜸가는 대가람(大伽藍)의 위용 갖춰,
절마당 가득할 만큼 승과(僧科) 스님 운집(雲集)했네.

강 건너 수도산(修道山)과 강 너머 운악산(雲岳山)의,
해 질 녘 큰 법당 안 환하게 불 밝히고,
낭랑한 염불 소리와 목탁 소리 끊이질 않네.

은은한 종소리는 광릉(光陵)으로 번져가서,
숲 속에 잠든 새와 초목들도 듣겠거니,
날짐승 들짐승 모두 편안한 밤 되겠구나.

완주 대둔산(大屯山)에 오르다

진산(珍山)을 지나고서 배치고개 올라서자,
기이한 석봉(石峰)들이 꽃잎처럼 겹쳐 보여,
금강산 총석정인 듯 완주골에 펼쳐 있네.

화공이 그린 듯이 빼어난 거암(巨巖)들이,
줄줄이 앉고 서서 수승(修勝)한 모습이라,
선경(仙景)인 몽유도원도 그림 속에 들어간 듯.

웅장한 큰 바윗돌 곳곳에서 눈을 끌고,
나무숲 울창하여 깊은 바다 이루어서,
청정한 산 기운으로 내 눈을 씻기우네.

어찌나 위로는 높고 발아래는 아득한지,
철계단 오를 적에 위만 보며 한 발 한 발,
아찔한 구름 계단에 간담이 다 서늘했네.

마천대 삼선(三仙) 바위 높이 올라 조망하니,
동천(洞天)에 살고 있는 신선(神仙)일랑 찾지 마라,
신선이 따로 없어라 오늘 내가 신선이네.

익산 미륵사지(彌勒寺址)

용화산 중턱 위의 사자암 가던 공주,*
무왕께 발원하여 삼존불 나툰 연못,
메워서 절 지으시니 미륵사가 되었다.

중심에 금당(金堂)이 셋 앞쪽에 목탑(木塔) 높고,
좌우의 동서석탑(東西石塔) 연못 안에 비칠 때,
장대(長大)한 당간지주엔 큰 깃발이 걸렸네.

강당지 넓은 공터 주춧돌만 처연한데,
옛적에 큰 승방엔 승려들로 꽉 찼었고,
용마루 끝 우뚝한 치미 먼 곳서도 보였네.

백제의 화려한 영화 세월 속에 다 묻히고,
미륵사 웅대함도 들판 위에 가뭇없어,
수려한 저 미륵산만 운무 속에 그대로네.

* 공주 :『삼국유사』권2 무왕조(武王條)에 실린「서동요」이야기의 주인공이며,
  백제 무왕(서동왕자)의 왕비인 선화공주(善花公主).

전주를 지나며[過全州]*

전주천 뒤로하고 풍남문(豊南門) 들어서면,

온 고을 전라감영 포정루(布政樓) 선화당*에,

오백 년 장구한 세월 관찰사가 사백팔십.

완영(完營)을 외치(外治)하는 방백(方伯)과 전주부윤(府尹),*

조정의 궁궐처럼 이곳을 중히 여겨,

경기전 고귀한 분을 우러러고 존숭했네.

* 과전주(過全州) : 다산 정약용의 시(詩). "누각 궁궐 서울을 옮겨다 놓았고, 의
  관 문물 사류(士流)와 다름없네. 임금 위엄 만백성 가슴 놀래고, 사당 모습 천
  년토록 엄숙하구나."(참고문헌 : 전주시, 「어진 박물관과 전라감영 특별전 도
  록」)
* 선화당 : 군현의 수령이 정무를 보는 정청은 동헌(東軒), 관찰사의 집무청은
  선화당(宣化堂)이다.
* 관찰사 : 전라감사. 종2품인 감사가 같은 직급인 전주부윤을 겸직하고, 임기
  는 보통 7개월에서 1년 반 정도로, 조선조의 500년간 총 480명 문과 출신이
  임용되었다. 감사는 이조, 병조의 감찰을 받지 않고, 국왕과 직접 연결되어
  왕을 대신해 일도(一道)를 외치(外治)하였다. (참고문헌 : 「전라감영과 지방통
  치」, 이동희 어진 박물관 관장).

영동 천태산 영국사(寧國寺)

물가의 은행나무 거대하고 우람하게,
만세루(萬歲樓) 앞길에서 가지 뻗어 하늘 향해,
산비탈 굽은 소나무 벗하면서 장중해라.

천태산 허공 위에 저녁해가 걸려 있는,
절 입구 저 고목은 일천 년간 제 혼자서,
봄 오면 푸른 잎 나고 가을 되면 잎 떨구네.

신라 때 원각국사(圓覺國師) 절 짓고서 만월사(滿月寺)요,
고려의 대각국사(大覺國師) 중창하여 국청사(國淸寺)로,
공민왕 난을 피했다 영국사로 이름 바꿔.

옛부터 양산팔경(陽山八景) 제일경이 영국사라,
저녁에 산속에서 바람 타고 들려오는,
종소리 은은하다고 아름다워 하였더니.

홍건적 내침(來侵)으로 공민왕과 노국공주,
전란에 남행하여 근심으로 뒤척이다,
지륵산(智勒山) 옛절 찾아서 불보살께 기원했네,

대웅전 뒷산에는 소나무가 빼어나다,
누교리 당도해서 이 절찾아 국태민안,
빌었던 국왕 이름만 전설처럼 남았구나.

산신각 새로 지어 단청 없는 남향인데,
주련에 새긴 글귀 삼태공조 작현신*에,
삼태성 하늘을 돌며 높이 떠서 반짝이네.

산 높고 계곡 깊어 어둠이 빨리 내려,
서둘러 산길 쫓아 온 길 돌아 벗어나니,
산 아래 동네 마을엔 해가 아직 남았네.

* 삼태공조 작현신(三台共照作賢臣) : 삼태가 함께 비추어 어진신하 만드네.

추풍령중학교를 방문하여

산기슭 맑은 언덕 칠십 년전 터를 닦아,
운수봉(雲水峰) 아래 학원(學園) 선개산(仙蓋山) 영봉 보며,
추풍령 넓은 들판에서 호연지기(浩然之氣) 길렀네.

단정히 교복 입고 책가방엔 책이 가득,
교모에 모표 달고 자랑스레 등교하며,
삼 년간 눈비를 이기고 부지런히 다녔다.

아침의 조회 시간 우렁찬 구령 속에,
전교생 학급별로 줄지어 정렬한 채,
단(壇)에선 교장 선생님 훈화 말씀 들었고,

교실엔 학생들이 꽉 차서 생기 있고,
선생님 백묵으로 칠판에 판서한 후,
활기찬 큰 목소리로 수업을 하시었다.

흙마당 운동장에 흰 체육복 입은 학생,
가을의 운동회 날 청군 백군 나뉘어서,
수많은 학부형이 와 큰 잔치로 법석였네.

추풍령 고갯마루 봄풀도 기이하다.*
옛사람 남긴 글에 그렇게 말했는데,
가을에 바람이 불어 낙엽 진다 하지 마라.

소년에 졸업하고 육십 넘어 찾아오니,
옛 교실 헐리어서 공터가 되어 있고,
매점과 기숙사 자리 대나무가 청청하네.

수업이 끝나치는 작은 종(鍾)이 걸려 있던,
교무실 앞 종을 매단 밤나무는 고사(枯死)하고,
오르고 내려다니던 돌계단도 낡아진 채,

정답던 옛 친구들 주름살은 늘어가고,
생기찬 그 교정에 학생 수도 줄어드니,
환하던 운동장 위에 잔디풀이 덮였구나.

학생이 노년(老年) 되니 그 선생님 이제 없고,
선배들 얼굴 모습 옛날과는 변했어라.
손 잡고 반가워하며 지난날을 추억할 뿐.

전에는 만났을 때 희망을 말했는데,

지금은 술 마시며 옛일을 회상하니,

세월이 흘러가더니 화두(話題)도 달라졌네.

교문의 코스모스 길 확장되어 넓어졌고.

가을에 꽃이 피어 형형색색 아름답던,

바람에 하늘거리는 그 풍경이 그리워라.

* 추풍령 고갯마루 봄풀도 기이하다(秋風嶺上春草奇) : 이중환의 『택리지(擇里志)』
  에 있는 글귀.

영동 강선대(降仙臺) - 양산팔경 제2경

금강(錦江)의 큰 물줄기 옛 옥양(沃陽) 땅* 휘감고서,

오늘도 물거품 내며 굼실굼실 흘러가네.

강선대 아래 굽어보자 절벽이 아찔하다.

석벽은 가파르고 깎아지른 듯 아득하니,

흐르는 강물에 반해 한 발짝 헛디디면,

천길의 낭떠러지로 떨어질까 두렵구나.

노송(老松)은 해묵어서 노용(老龍)의 모습 띠고,

주변의 바윗돌엔 푸른 이끼 피어 있어,

아담한 정자 단청(丹靑)과 어우러져 아름답다.

소나무 푸르른데 흰 구름 떠 청명(淸明)하고,

정자에 걸어놓은 기문(記文)을 살펴볼 적에,

시원한 바람이 불어 등에 흐른 땀 식혀주네.

* 1. 충북 영동군 양산팔경 중 제2경인 강선대 기문(記文)에 보면, '옥양(沃陽)'이
  라는 지명이 있는데 이는 양산의 옛이름이다.
  2. 강선대에 관한 시는 조선 선조, 인조 연간에 예조판서와 홍문관 제학을 지
  낸 문관 동악(東岳) 이안눌(李安訥)이 지은 것이 유명한 데, 조선 중기의 대표적
  인 시인인바, 충청도 관찰사를 할 때 지은 것으로 보인다.

황간 반야사 문수전(文殊殿)

끝없이 펼쳐 있는 백화산(白華山) 긴 산자락과,
가뭄에 마르지 않고 언제나 흘러가는,
깊숙한 계곡 청산(靑山) 속에 아담한 절 있는데.

대웅전 삼층석탑 배롱나무 꽃 바라보며,
물소리 들으면서 숲 속 길을 돌아들어,
좁다란 층층 돌계단 딛고 올라 다다른 곳,

산마루 우뚝한데 문수전 난간에 서서,
아래를 굽어보니 계곡은 아득하고,
저 건너 산봉우리는 녹음 짙어 푸르르네.

물소리 들리는데 청산은 조용하고,
묘길상(妙吉祥) 문수보살 등에 태운 청(靑)사자는,
큰 입을 벌리고 앉아 사자후(獅子吼)를 토(吐)하는가.

"십 년간 칼을 갈아 서리이는 큰 칼날로,
건곤(乾坤)을 뚫어보고 단칼에 삼계(三界)*를 끊을,
그 기회 이제 왔다"는 주련(柱聯)*이 걸려 있네.

나뭇잎 푸른색의 물든 석천(石川) 맑은 물에,

두 손을 씻고 보니 수양세조(首陽世祖)* 이곳에서,

동자(童子)님 일러준 대로 목욕하신 그곳인가.

* 삼계(三界) : 중생(衆生)이 사는 세 세계. 즉, 욕계(慾界) 색계(色界) 무색계(無色界).
* 주련(柱聯) : 새겨진 선시(禪詩)의 원문은 다음과 같다. "十年磨一劍 霜刀透乾坤 一揮斷三界 時來文殊殿".
* 수양세조(首陽世祖) : 세조 수양대군. 문수동자가 선인(善人)으로 나투어서 반야사에 들른 세조에게 절 뒤의 계곡물에 목욕을 하라 일러주어, 등창에 난 종기를 치료했다는 속설이 있다.

제7부

문화와 역사의 향기

추풍령 고풍(古風)

향리(鄕里)에 내려가면 제일 먼저 보는 것은,
산이요 들판인데 그 산색(山色)은 예대로고,
동네는 변해가지만 옛 마을 이름 잊을 수 없네.

웅북리(熊北里) 곰뒤[上熊]에서 바람같이 내달려온,
마암산(馬岩山) 목마른 말 황금지(黃金池)의 물 마시고,
말바위[馬岩] 금마동(錦馬洞) 앞에 갈색 말이 쉬는구나.

둥구지[洞口亭] 살골[杏洞]에는 살구꽃이 활짝 필 때,
학동(鶴洞) 옆 봉동(鳳洞) 어귀 두루미가 내려앉고,
뒷마[後里] 앞 관리(官里)에는 역마(驛馬)가 막 당도했네.

상주(尙州) 땅 딱밭골의 외삼촌과 외할머니,
반고개[方峴] 사기점(沙器店)골 해거름에 걸어올 때,
옷고름 나부끼면서 인절미 떡 이고 오네.

선개산(仙蓋山) 장중하고 학무산(鶴舞山) 춤추는가,
죽전(竹田)에 청죽(靑竹)이요 작동작점(雀洞雀店) 참새 날고,
지산(池山)과 모산(茅山) 위에는 둥근달이 떠오르네.

종이접기 추억

어릴 때 머슴아들 고이고이 종이 접어,
방에서 마당으로 마당에서 또 하늘로,
사뿐히 종이 비행기 높이 던져 날리었고.

공책을 뜯어내어 접고 접어 만들었던,
두둑한 종이 딱지 호주머니 가득 넣고,
동무와 흙마당에서 때기치기 놀이 했다,

온 동네 계집애들 두리상에 빙 둘러앉아,
색종이 곱게 접어 바지 저고리 만들어서,
조그만 곽상자에 넣고 애지중지하였지.

농악대 풍물 치는 음력 정월 대보름날,
흰 종이 고깔모자 크게 접어 머리에 쓰고,
징 치고 꽹과리 울려 지신밟기도 했다.

고조선 유민들이 부여국(扶餘國)의 백성 되어,
백의(白衣)를 숭상하고 삼신(三神) 모자 만들어서,
흰색의 고깔을 쓰고 겸손하게 천제(天祭) 올려,

삼각건(三角巾) 민족 정서 누대로 죽 이어받아,

오늘날 종이접기 기원이라 하겠거니,

그 문화 그 신명 돋궈 전 세계로 퍼뜨리자!

그리운 영동(永同)아!

신라 때 길동군(吉同郡)이 고종 때에 영동군 되어,
충청도 남부 지역 군현(郡縣)으로 존치하고,
한때는 상주(尙州)에 예속 신라 백제 국경이네.

내 고향 청풍명월 바람 맑고 달 밝은 땅,
산세는 수려하고 강물은 조용하니,
사람이 정주하는 데 어려움이 없는 곳,

인심은 순박하고 그 말소리 정감 있고,
이웃간 상부상조 논과 밭 일구어서,
가을에 풍년 들어서 한겨울에 편히 쉬네.

감고을 이름나서 온 고을에 감나무요,
포도는 특용작물 온 나라에 공급되고,
포도주 술을 빚으니 잔치상에 올랐구나.

서울과 부산 간의 중간 지역 위치하고,
철도와 고속도로 육로도 남북으로,
경부선 지나는 고장 사통팔달 뚫려 있네.

양산에 영국사요 황간에 반야사 절,

각계에 옥계폭포 상촌에는 물한계곡,
월류봉 한천팔경*에 양산팔경 명승 있네.

백화산 석천 물은 초강천과 합수하고,
추풍령 고갯마루 소백산 자락으로,
낙동강 금강 향해서 흘러가는 분수령,

영동군 1읍 10면* 모든 지역 윤택하고,
옛부터 예향(藝鄕)으로 이름난 고장이라,
심천의 난계 쌍청루 달과 바람 다 맑구나.

어려서 자라나며 심신을 단련한 곳,
태어난 마을 산천 밤하늘에 별을 보던,
사람은 곧 인걸지령(人傑地靈) 아, 그리운 영동아!

* 인걸지령(人傑地靈) : 인걸은 영검이 있는 땅에서 난다. 걸출한 인물이 나면 그
  지방도 그로 인해 이름이 난다.
* 영동군 1읍 10면 : 영동읍, 심천면, 양산면, 양강면, 용화면, 학산면, 용산면,
  매곡면, 상촌면, 황간면, 추풍령면.
* 한천팔경(寒川八景) : 月留峰, 冷泉亭, 使君峰, 花軒嶽, 法尊庵, 山洋壁, 靑
  鶴窟, 龍淵臺
* 양산팔경(陽山八景) : 寧國寺, 降仙臺, 飛鳳山, 鳳凰臺, 涵碧亭, 如意亭, 資
  風堂, 龍巖

동궐(東闕) 이궁(離宮) – 창경궁 둘러보기

홍화문(弘化門) 들어가서 옥천교(玉流橋) 건너가면,
명정문(明政門) 넘어서서 품계석 어도(御道) 따라,
명정전 월대(月臺)에 올라 뒤돌아서 동쪽 본다.

월대의 좌우에는 드므 각각 놓여 있고,
법전(法殿)의 용상 뒤에 일월오봉 임금 권위,
천장의 봉황 암수는 태평성대 상징하네.

남면한 문정전(文政殿)은 종묘를 앞에 두고,
편전(便殿) 안 영조임금 뒤주 속의 사도세자.
단 아래 울부짖음은 호령 속에 묻혀 있네.

문정전 빈전(殯殿)이라 아담한 명정전 뒤,
소박한 숭문당(崇文堂)을 편전으로 애용하니,
주상이 대신과 함께 대소사를 논의했네.

추녀 끝 아름다운 함인정(涵仁亭)의 정자 마루,
임금님 높이 앉아 연회 공연 보시었고,
사방의 천장 아래엔 사시음(四時吟)* 시 편액 걸어,

가을달 밝음처럼 늘 보면서 교훈 삼고,
봄물이 가득 차듯 문물이 융성하여,
기이한 구름 봉우리 문사들로 넘쳐났네.

대과에 장원급제 어사화 머리 꼽고,
급제자 올라와서 어사주를 받았던 곳,
뒷날에 정승판서 된 기가 뭉친 자리라네.

함인정 앞 둔덕에 고목 된 주목나무,
옆마당 사도세자 울부짖는 울음소리,
애절한 동궁 어린 세자 간청 소리 들었어리.

동향의 경춘전(歡慶殿)엔 정조 헌종 태어난 방,
혜경궁 사도세자 정이 어린 전각으로,
탄생전(誕生殿) 이름 붙이고 글을 써서 기렸네.

환경전(歡慶殿) 뒷마당에 심어놓은 살구나무,
살구꽃 만개한 봄 중종 임금 바라보며,
대장금(大長수) 극진한 의녀 간호 받고 머무셨네.

통명전(通明殿) 넓은 월대 많은 시녀 시립하고,
육순의 영조임금* 십오 세의 정순왕후,
용마루 없는 지붕 아래 첫날밤을 동침했네.

숙종의 경국지색 희빈마마 시기 많아,
통명전 앞뒤 마당 많은 제웅 묻어두고,
밤마다 인현왕후를 저주하다 사약 받네.

남향한 작은 전각 돌계단 위 양화당(養和堂)은,
삼전도 치욕 겪고 섣달겨 울 인조임금,
환궁해 말년 보내니 용골대도 맞았던 곳.

궁녀를 사랑하여 창덕궁을 마다 하고,
영춘헌(迎春軒) 작은 서재 정조임금 상주하사,
수빈이 머무는 집복헌(集福軒) 순조임금 탄생했네.

집복헌 문앞에는 기가 뭉친 너럭바위,
임금님 독서하는 작은 건물 있었더니,
박물관 오르던 계단 마당돌로 변했어라.

양화당 뒤편 언덕 경모궁(景慕宮)이 보이는 곳,

정조는 자궁(慈宮)마마 위로하는 자경전(慈宮)을,

지금은 미선나무만 흰 꽃 피어 향기 나네.

*「사시음(四時吟)」: 중국 동진(東晉)의 도잠(陶潛) 시
　　　　春水滿四澤　　　봄물은 사방 못에 가득하고,
　　　　夏雲多奇峰　　　여름 구름 기이한 봉우리도 많으시고,
　　　　秋月揚明輝　　　가을달 휘영청 밝음이여,
　　　　冬嶺秀孤松　　　겨울 언덕에 소나무 빼어나도다.
* 영조(1694~1776) : 숙종과 희빈 장씨 사이에 태어난 몸이 허약했던 경종이
　33세에 즉위하고 37세에 승하하자, 숙종과 무수리 출신 숙빈 최씨 사이에 태
　어난 영조가 6세(1699)에 연잉군에 봉해지고, 28세(1721)에 왕세자가 되고,
　32세(1724)에 경희궁에서 즉위했다. 휘는 금(昑). 52년간 재위하다가 83세에
　승하하였다.
　영조는 왕자 시절 혼인한 정성왕후 서씨가 자식 없이 죽고, 궁중 법도에 따라
　66세에 다시 15세의 어린 나이 정순왕후 김씨(1745~1805)를 삼간택을 거쳐
　계비로 맞아 창경궁 명정전에서 가례를 치렀다. 그리고 왕비의 침전인 통명
　전에서 첫날밤을 맞이하였다.
　왕비는 평소 서쪽 방에서 기거하다가 왕이 오면 양을 상징하는 동쪽 방으로
　건너와서 함께 침수 든다고 한다. 노인 영조의 수발을 들었던 정순왕후 역시
　소생없이 61세(1805)에 죽었다.
　중국 청나라 건륭제(휘 홍력(弘曆), 1711~1799)가 재위 60년에 태상황 4년을
　더 하고 89세에 붕어하니, 두 제왕의 강건함이 버금간다고 하겠다. 건륭제는
　조부 강희제의 61년 재위기간을 넘지 않기 위해 아들 가경제(嘉慶帝)에게 선위
　하고 태상황으로 있었으나 군권 등 큰 권력은 4년간 그대로 행사했다.

완주, 오성 한옥 마을

길가의 애기똥풀 노란 꽃 눈에 띄는,
신록이 짙은 봄날 오월의 태양 아래,
종남산(終南山) 송광사(松廣寺) 절을 좌로 두고 지나가서,

호연재(好緣齋) 한봉림가(韓鳳林家) 두 집 먼저 둘러볼 때,
바람은 거듭 불어 머리카락 흩날리고,
겹처마 끝에 매달린 풍경 소리 들리네.

산마루 나뭇잎은 콩잎처럼 잎 뒤집혀,
초록의 파도 타고 물결 일듯 구부리며,
욱어진 나뭇가지를 바람 따라 쓸며 가네.

동구 밖 오성마을 세운 표석 마주 보고,
굽은 길 담장 길을 돌아들어 올라가니,
녹운재(綠雲齋) 큰 기와집이 토담 넘어 우뚝하네.

일백 년 소양고택 높은 대에 담박하고,
죽림원(竹林園) 누마루에 둘러앉아 경관 즐겨,
앞산을 바라보나니 시원해서 좋구나.

아원(我園)의 공연 무대 맑은 물 투명하고,
연하당(煙霞堂) 사랑채의 높은 뜰 위 사자개는,
탐방 온 아가씨 가방끈 입에 물고 놓지 않네.

위봉산 토산(土山)이라 편안한 기운 있고,
오도천 수량 풍부 배산임수(背山臨水) 명당인가,
소쇄원(瀟灑園) 숨결 담아서 소담원(瀟淡園)을 지었다.

서방산 기슭 한옥 쾌적한 이부자리,
아침에 산수촌(山水村)의 돌탑 찾아 소원 빌고,
처마밑 소조 인형이 귀여워서 바라보네.

광화문 해태 석상

반월성(半月城) 용마루 끝 치미(鴟尾)와 귀면와(鬼面瓦)면,
한양엔 북궐(北闕) 앞에 신수(神獸)가 수승(秀勝)하니,
백악산(白岳山) 웅기(雄氣)를 받아 웅크리고 앉아 있네.

궁장(宮墻)의 동서 끝에 동십자각 서십자각,
광화문 문루(門樓) 아래 수문장 입직(入直)하고,
왕방울 눈 부릅뜨고 해태(獬豸)는 지켜보네.

숭례문(崇禮門) 남지(南池) 넘어 한강수 물길 건너,
세차게 타오르는 관악(冠岳) 불길 억누르며,
높은 대(臺) 위에 앉아서 당당하게 소임했네.

임란(壬亂)에 전소(全燒)한 건 성난 백성 때문이고,
동란(動亂) 때 타버린 건 화폭(火爆)을 받음이니,
남방(南方)의 관악산 화기(火氣) 못 막은 탓 아니라네.

큰 복(景福)을 누리시던 군자(君子)들은 가고 없고,
무심한 세월 속에 오늘도 그 터전에서,
사무사(思無邪) 듬직한 풍모로 만년을 기약하네.

나라에 일이 있어 앉은 자리 옮겼는데.

정문의 안쪽 마당 지금은 또 그 담장 앞에,

훗날엔 옛 육조(六曹) 거리로 환주본처(還住本處)할 게야.

문화와 역사의 향기

문인석(文人石)

소년에 홍패(紅牌) 받고 출사(出仕)하여 나리 되니
품계(品階)가 정일이품 관복 앞뒤 쌍학(雙鶴) 흉배
옥관자(玉貫子) 갓끈 드리우고 대감이라 불린 어른.

살아선 구종별배(驅從別陪) 죽어서는 석상(石像) 세워
읍(揖)하는 문인석이 밤낮으로 공수시립(共手侍立)
깊은 산(山) 명당 자리에 한 세월을 지켰어라.

석공(石工)이 조화(造化) 부린 석인(石人)으로 환생하여
당금(當今)에 자리 옮겨 집 정원에 다시 서니
이끼 낀 곧 묵은 자취, 심오하고 듬직하다!

충천 놀이 겨린 저물

광통교(廣通橋) 개천(開川) 나들이

1

백운동 삼청동서 내려온 물 범람하여,
흙다리* 돌다리로 다시 고쳐 만들 적에,
주상(主上)*은 정동(貞洞) 둘레석 석재(石材) 사용 하교(下敎)했네.

석공(石工)이 다듬어논 병풍석의 문양 보니,
신장(神將)은 구름 타고 합장하며 내려와서,
금강저(金剛杵) 요령 흔들며 무덤 주인* 수호했네.

상왕(上王)*이 도성 밖의 건원릉(健元陵)에 잠드시니,
정릉(貞陵)이 왕명(王命) 따라* 정동에서 옮겨졌고
지난일* 화근이 됐다, 야사(野史)는 전하네.

2

홍수에 대비하여 금상(今上)*이 납시어서,
준설을 감리하고 석주(石柱)에 경진지평(庚辰地平),*
임금님 크신 은혜로 민초(民草)들은 안심했네.

3

한양에 제일 넓은 광통교 국중대교(國中大橋),
나랏님* 화성 행차 이곳을 지나시니,
징 소리 말발굽 소리 나팔 소리 진동했네.

계절은 윤이월(閏二月)에 독기용기(纛旗龍旗)* 펄럭이고,
정가교(正駕轎)* 비워두고, 자궁가교(慈宮駕轎)* 뒤따라서,
좌마(座馬)*에 높이 앉아서 청계천*을 넘으셨다.

4

금세(今世)에 인물 있어* 복개(覆蓋)해서 차로(車路) 내고,
물길(水路) 터 이루나니, 이 모두가 시절인연(時節因緣),
버들잎 푸른 물가에 물고기 떼 모여드네.

석교(石橋) 위 양쪽 입구 돌난간에 앉은 석수(石獸),
물 따라 오는 잡귀, 사람 따라 드는 부정(不淨)
일거(一舉)에 물리치면서, 태평세월 비는구나.

* 흙다리 : 태조가 도성을 조영할 초기에는 흙다리(土橋)였는데, 장마에 피해가 많아서, 튼튼한 석교(石橋)로 만들었다.
* 주상(主上) : 태종 이방원(李芳遠)
* 무덤 주인 : 신덕왕후 강씨. 태조 4년(1395)에 41세로 승하한 이성계의 경처 (京妻)이자 계비(繼妃) 신덕왕후 강씨의 능(정릉)을 현 영국대사관 근처 황하방 에 조영하고, 1396년에 명복을 비는 원찰 흥천사(興天寺)를 짓기 시작하여, 그 이듬해에 170여칸의 대가람을 세웠다. 태조는 저녁 예불의 쇠북종 소리를 듣 고서야 취침을 하였다 한다.
* 상왕(上王) : 태조 이성계(李成桂)
* 왕명 따라 : 태종 9년(1409)에 태종이 도성 안에는 묘를 쓰지 않는 법도에 의 거, 정동에 있는 능을 도성밖 정릉으로 이장하라는 명을 내렸다.
* 지난일 : 정안군 이방원(태종)을 제쳐두고 방석을 태자로 삼게 했던 일.
* 금상(今上) : 정조의 할아버지 영조.
* 경진지평(庚辰地平) : 태종 이후 300년 만에 청계천에 토사가 쌓여 바닥과 둑의 높이가 같은 상태가 되고 수해가 빈번하여, 영조 36년 경진년(1760)에 범람 을 해결하기 위한 국책사업을 벌여 개천의 바닥을 파내고 다리를 보수했다.
* 계사경준(癸巳更濬) 기사대준(己巳大竣) : 후대에 내려와서 계사년에 다시 파고, 기사년에 개천을 크게 팠다는 말.
* 나랏님 : 사도세자의 아들 정조.
* 독기용기(纛旗 龍旗) : 임금이 행차할 때 앞에 세워 임금을 상징하는 두 깃발.
* 정가교(正駕轎) : 화성 행차 시 임금인 정조가 타는 화려한 공식 어가(御駕).
* 자궁가교(慈宮駕轎) : 화성 행차 시 회갑을 맞은 정조의 어머니 혜경궁 홍씨가 탄 가마.
* 좌마(座馬) : 화성 행차 시 어머니의 가마 뒤에서 정조가 별도로 타고 간 말. 이 때 중전은 창덕궁에 남아 있고, 두 누이가 탄 가마(郡主雙轎)가 뒤따랐다.
* 청계천(淸溪川) : 인공 하천인 개천(開川)으로, 일제강점기 때 상류의 청풍계천 (淸風溪川)을 줄여서 청계천으로 불렀다 한다.
* 인물(人物) : 금세기에 와서 토목공사를 한 박정희 대통령과 이명박 서울시장 (전 대통령).

파주 광탄(廣灘) 쌍미륵불

혜음령(惠陰嶺) 고개 넘어 임진나루 닿기 전에,
저 멀리 장지산(長芝山)에 우뚝 솟은 빼어난 상(像),
길 가는 행인들에게 은근하게 위안(慰安) 주네.

멀리서 바라보면 큰 비석돌 선듯 하고,
가까이 다가가니 우람해라 마애석불,
우러러 올려다보고 허리 굽혀 절하네.

옛적에 두 도승(道僧)이 현몽하여 알려주니,
선종(宣宗)의 명을 받아 큰 바위 둘 다듬었고,
궁주(宮主)는 이 공덕으로 잉태하니 한산후(漢山侯)라.

합장한 방립불(方笠拂)은 지그시 눈을 감고,
연꽃 든 원립불(圓笠佛)은 저 멀리 응시하며,
천 년을 묵언(默言)하면서 별별 소원 다 들었네.

지금은 한적하여 오가는 이 줄었지만,
여조(麗朝) 땐 송도(松都)에서 남경(南京) 가는 길이었고,
국조(國朝)엔 사신 행렬이 연경(燕京) 가는 의주대로(義州大路).

이 앞을 지날 적에 한두 번은 고개 돌려,
편안한 마음으로 미륵님께 기원하여,
사행(使行)길 무사했음이 저 미륵님 가피(加被)런가.

오늘도 한결같이 일자(一字)로 입 다물고,
언제나 목탁 같은 두툼한 손 합장한 채,
삼천리 금수강산이 하나 되길 빌고 있나.

인왕산 선바위[禪岩]

이곳에 서 있은 지 언제부터였었던가!
왕업(王業) 연 사대부와 왕사(王師) 인연 오백 년에,
억만년 아득한 세월 도업(道業) 닦고 있었네.

회색의 장삼(長衫) 입고 고깔모자 깊게 쓰고,
두 분의 도반(道伴)스님 상구보리(上求菩提) 하화중생(下化衆生),
옷자락 바람에 날리며 홀연히 길 나섰네.

인왕산 남서쪽에 동면(東面)하여 우뚝 서니,
찬 바람 텅 빈 가슴 훑어서 지나가고,
쌓인 눈 아침 햇살에 동과 서로 달리 녹네.

저자의 떠들썩함 허공으로 스며들고,
늦은 밤 단(壇)에 올라 장안을 굽어볼 때,
중천(中天)에 달은 높이 떠 푸른빛을 발(發)하네.

종친 놀이 걸린 저달

삼각산 소견(所見)

백두산 깊은 못에 잠겼던 큰 이무기

태고에 행룡(行龍) 되어 굽이쳐 내려와서

한강 물 저 멀리 보며 우이(牛耳)골에 멈추니,

근교(近郊)서 보는 웅자(雄姿) 삼지창(三指槍) 세웠는가

우람한 흰 바우뫼 창공에 기(氣)를 뿜고

미끈한 황소뿔같이 버젓하게 솟아 있네.

산중턱 맑은 계곡 도선사 금(金)부처님

밤과 낮 바뀌어도 장좌불와(長坐不臥)하신 채로

오늘도 솔바람 쐬며 미소 짓고 계시네.

황간 월류봉(月留峰) - 한천정사

월류봉 높은 봉에 둥근달이 머물 적에,
초강천(草江川) 물에 비친 달빛은 반짝이며,
강물은 옥류정(玉流亭) 아래를 휘돌아서 흘러간다.

산 높고 물 깊어서 강심(江深)은 알 수 없고,
용연대(龍淵臺) 언덕에서 검푸른 물 바라보니,
빠르게 물 흘러가나 물소리는 없구나.

고사(高士)*는 초당(草堂) 지어 한천정(寒泉亭)에 은거하며,
주야로 정좌하여 일심(一心)으로 글 읽으매,
산양벽(山羊壁) 높고 험준함이 그 성품과 닮았구나.

서늘한 늦가을의 날 저무는 초저녁에,
지금은 이름만 남은 심묘사(深妙寺)* 옛절에서,
은은히 울려 퍼지는 종소리가 들리는 듯,

나뭇잎 떨어진 후 초겨울의 스산한 낮,
높다란 산양벽에 흰 눈발이 흩날릴 때,
한마리 새 빗겨 나는 그 적막을 아꼈더라.

충청 놀이 결탁 제탑

사군봉(使君峰) 좌에 두고 냉천정(冷泉亭) 있던 강가,

한천(寒泉)을 사랑하여 머물렀던 그 자리의,

유허비* 비각(碑閣) 앞쪽에 개망초 꽃 피었네.

* 고사(高士) : 세자(봉림대군, 효종)의 사부와 이조판서, 좌의정을 지내고 서인
  (西人), 노론(老論)의 영수(領首)로서 일세를 풍미했던 우암(尤庵) 송시열(宋時烈,
  1607~1689)이 43세에 북벌 계획이 탄로나자 내려와 황간 월류봉 아래 냉천
  정 가에 초당을 짓고 일시 은거하면서 시사(時事)는 일체 논하지 않고 글 읽고
  강학을 하며 제자를 길렀다.
  속설에 의하면, "중국에 사신으로 간 사람이 송시열의 사주를 보았는데, 이
  사람은 생전에는 시비가 있으나, 죽은 뒤에는 명성이 만대에 끊이지 않을 것
  이다(對日此人生前縱有是非死後名流萬世)."라고 하였다 한다. (출처 : 국립청주박물
  관, 『우암 송시열』)
* 심묘사(深妙寺) : 충남 보령 성주산문(聖住山門)의 개창자인 신라 태종무열왕의
  8대손 무염국사(無染國師) 혜연(慧然) 낭혜화상이 김천 직지사(直指寺) 창건 시기
  에 신라 경덕왕의 초청을 받아 직지사 인근의 황간 심묘사에 주석하였는데,
  직지사는 당시 성주산문의 황간 심묘사에 딸린 절로서, 남종선(南宗禪)의 종
  지(宗旨)를 펼치던 곳일 가능성이 크다는 주장(최완수(崔完秀) 관송미술관장)이
  있는바, 신라의 무염국사가 황간 심묘사에 주석할 때, 사미승 순인을 황간 반
  야사에 보내, 못의 악룡을 쫓아내고 못을 메워서 절을 창건케 했다는 설(說)도
  있으니, 반야사(般若寺)보다도 먼저 있었던 큰 절이 심묘사이다.
* 유허비(황간 서원말) : 우암송선생유허비(尤庵宋先生遺墟碑).

선조대왕의 목릉(穆陵) - 구리(九里) 동구릉(東九陵)*

길가에 수양버들 벚꽃 피어 화사한 봄,

소나무 빼어나고 바람 부는 푸른 낮에,

동구릉 들머리 닿아 큰 홍살문 넘어서자,

잣나무 느릅나무 갈참나무 살구나무,

재실 앞 지나는 길 새잎 돋아 생기 나고

방화림(防火林) 물오리나무 검암산(劍巖山)에 심었더라.

수릉(壽陵)*과 현릉(顯陵)* 지나 건원릉(健元陵)*의 금천금교(禁川禁橋),

홍살문 오른편에 배위(拜位) 전돌 깔끔한데,

한식날 억새풀 베고 고유제를 올렸다네.

건원릉 배관(拜觀)하고 동쪽 길 올라가서,

목릉(穆陵)*에 도달하니 왼편에 선조 왕릉,

거대한 문석무석(文石武石)이 구릉 위에 입시했고,

어도(御道) 옆 박석 밟고 정자각에 다다라서,

오른쪽 작은 석계(石階) 오른발을 먼저 딛고,

올라서 사배(四拜)를 하고 왼편으로 내려오네.

멀리서 우러르고 가까이선 볼 수 없는,
높다란 구릉 위에 흰구름 흐르는 곳,
사방이 탁 틔운 자리 저 아래를 굽어보며,

두 전란 이겨냈고 많은 인재 등용하니,
선조(宣祖)*로 묘호 받고 목릉성세(穆陵盛世)* 사십일 년,
두 분의 왕후와 함께 한 능성에 잠드셨다.

일찍이 명종(明宗)임금 후사(後嗣)가 걱정되어,
익선관(翼善冠) 보여주며 써보라고 권하실 때,
하성군(河城君) 그럴 수 없다 사양하니 미쁘더라.

적장자 아니라서 근심하며 노력했고,
꾸준히 학문 높여 내공(內功)을 쌓으시니,
왕대비* 수렴청정*을 서둘러 끝내시네.

조정엔 동인서인 남인북인 편 갈려서,
주야장 탑전에서 다른 주장 거듭하자,
만기(萬機)를 친람하지만 미더운 것 없어라.

봉화는 끊임없고 파발 소리 급하여서,
밤길에 아수라장 간신히 밤을 도타,
도성을 빠져나오자 한양 궁궐 불타네.

백성은 도륙되고 나라는 풍전등화,
세상에 의지하고 믿을 곳 바이 없어,
서둘러 분조(分朝)하시어 뒷날을 기약하니.

사전에 대비 못 한 우유부단 한(恨)이 되나,
뒤늦게 깨달은들 때는 이미 늦었구나.
전란에 망가진 강산 재조산하(再造山河)할 수밖에.

광활한 넓은 공간 높은 구릉 선조 능역,
잘 가꾼 소나무 숲 귀를 씻는 바람 소리,
햇빛은 구름 사이로 이 언덕을 비추네.

* 동구릉(東九陵) : 경기도 구리에 있는 조선의 왕과 왕비 17위가 모셔져 있는 최대 왕릉이다.
* 수릉(壽陵) : 순조임금의 외아들 효명세자와 세자빈 신정왕후 조씨의 능. 효명세자의 어머니는 세도정치를 한 김조순의 딸인 안동김씨 순원왕후이고, 세자빈 신정왕후는 조만영의 딸인 풍양조씨 조대비이다.
* 현릉(顯陵) : 문종대왕과 그 비 현덕왕후의 능. 건원릉으로 가기 전의 동쪽에 있다.
* 건원릉(健元陵) : 1408년에 조성된 태조 이성계의 능으로 동구릉의 중심릉.
* 목릉(穆陵) : 선조와 비 의인왕후 박씨, 계비 인목왕후 김씨의 능. 동원삼강릉(同原三岡陵)으로 조성되었다.
* 선조(宣祖) : 1552~1608. 선조는 하성군(河城君)으로 불리던 소년 시절, 영특한 말 한마디로 후사(後嗣)가 없어 걱정하는 명종임금을 탄복시키니, 믿음을 단숨에 받고 명종의 조카로서 천하를 얻어 16세에 등극했으나, 아버지 덕흥대원군이 서자라는 것과 자신이 후궁 소생이란 적통 문제로 열등감이 매우 대단했으며, 장애가 되었다. 조선 제14대 임금으로 41년간 임금 자리에 있을 때 붕당이 나누어져 당쟁이 생겼고, 그로 인한 실기로 임진왜란을 맞아 나라가 풍전등화가 되어, 경복궁을 버리고 비 오는 밤중에 의주로 몽진을 가지 않을 수 없었다. 그러나 그의 시대에 수많은 인재와 인물들이 나타나 한 시대를 풍미하였다.
* 목릉성세(穆陵盛世) : 선조임금은 임진왜란과 정유재란에 항복하지 않고, 비록 몽진을 하였지만 결국 승리하고, 기라성 같은 수많은 인재들을 등용하여 학문과 문화를 융성케 했다고, 재위 41년간의 치세를 두고 그 태평성대의 문치를 칭송하는 말로, 선조의 능호 목릉(穆陵)에서 따온 것이다. 퇴계 이황, 율곡 이이, 서애 유성룡, 송강 정철, 허준, 이원익, 백사 이항복, 한음 이덕형, 석봉 한호, 권율, 충무공 이순신, 사명대사 등이 그 시대에 배출된 인물이다. 선조임금 역시 시도 잘 짓고 시를 매우 좋아하였으며, 서예 글씨도 아주 잘 쓰기 때문에 한석봉을 비웃을 정도였다고 한다.

* 왕대비(王大妃) : 세자빈까지 맞아들였던 외아들 순회세자가 13세에 세상을 떠나, 상심이 깊어 중병이 들었던 명종의 비 인순왕후.
* 수렴청정어린 임금이 등극하면 만 20세가 될 때까지 대비가 수렴청정하는 왕실 규범이었다. 그러나 16세에 등극한 선조는 뛰어남을 인정받아 그 이듬해에 파격으로 친정하게 되었다.(참고문헌 : 이규원, 『조선왕릉실록』, 글로세움, 2017)
* 선조어진전(宣祖御眞－傳) : 임진왜란 중 의주(義州)로 몽진을 간 임금 선조는 전황이 급박하자 앞날을 기약할 수 없어 분조(分朝)를 하니, 장남인 임해군(臨海君), 차남인 왕세자 광해군(光海君)과 각각 피난길을 나누어 달리 갔다. 선조는 그때 피난지에서 어진(御眞)을 장남 임해군에게 주어 보냈는데, 그 임해군이 왜군에 포로가 되자, 임해군을 배종(陪從)하던 검찰사(檢察使)요, 본도도순찰사(本道都巡察使) 윤탁연(尹卓然)에게 그 어진을 보관토록 맡기시니, 이로부터 윤씨 문중이 왕의 어진을 누대로 보관하게 되었다고 전(傳)한다.
* 윤탁연(尹卓然, 1538~1594) : 본관이 칠원(漆原)이고, 자는 상중(尙中), 호는 중호(重湖). 우봉현령(牛峰縣令) 이(伊)의 아들이라 하는데, 도승지, 한성판윤과 형조·호조판서를 지내고 광국훈삼등으로 칠원군(漆原君)에 봉해졌다. 의병을 모집하고 북변 체류 3년에 누적된 피로에 병을 얻어 향년 57세에 졸(卒)하니, 시호는 헌민(憲敏)이다. (참고문헌 : 尹甲植 편저, 『朝鮮名人傳』)

조선 제14대 선조임금의 전란시(戰
亂時) 어진(御眞)으로 전(傳)하나, 확
실하지 않음.

글쓰기의 추억

등백마산(登白馬山) – 백마산에 올라서

백제의 옛 서울을 찾아서

부록

글쓰기의 추억

초등학교 방학 때 일기 쓰기가 있었다. 방학 내내 동무들과 어울려 노느라 바쁜 내게 매일매일 일기를 쓰는 것만큼 귀찮은 일도 없었다. 차일피일 미루기만 하다가 개학을 며칠 앞두고 밀린 것을 부랴부랴 몰아 쓰다 보니까 맑음, 비 오고 갬, 눈 내림, 이렇게 날씨를 쓰고 나서 아침에 일어나 세수하고 밥 먹고 놀았으며 방 청소했다, 라고 쓰면 더 이상은 쓸 거리가 없었다. 결국 매일 비슷비슷한 내용만 대강 써서 개학날 제출했다. 그때까지만 해도 내가 글을 쓰게 되리라고는 생각하지 못했다.

중학교 1학년 국어 시간에 발표문을 하나씩 써 오라는 과제를 받았다. 밤에 호롱불 아래서 엄마에게 들었던 선녀와 나무꾼 이야기를 시험지에 연필로 썼다. 다음 날 국어 시간에 교단에 나가 발표했더니, 당시 국어 교사였던 박노선(朴魯善) 선생님이 잘했다고 칭찬해주셨다. 누구나 아는 이야기를 쉽게 글로 적어 와 발표했던 것에 불과하지만, 잊지 않고 숙제를 해 왔기 때문에 격려해주시는구나 하고 생각했으나, 그래도 내심 자부심이 생겼고 글쓰기에 대한 관심이 싹이 텄다.

2학년 올라간 뒤의 교내 백일장에서였다. 시제가 '교육과 인생'이라는 좀 딱딱한 주제였었는데, 아랫부분에 도장이 찍힌 시험지에 답안을 써 제출했더니, 채점관 나병철(羅炳哲) 선생님이 장원을 주셨다. 지금 생각해도 신기하다.

고등학교 가서는 또 교내 백일장에서 김의교(金毅敎) 선생님의 도장이 찍혀 있는 시험지에 써 제출한「거울」로 차상(次上)을 받았다. 이어 고전 과목을 맡고 계셨던 전장억(仝章億) 선생님의 인솔로 참가한 김천여고 뒷동산에서 열린 경상북도 주최 백일장에서,「물」로 가작(佳作)을 받아 자족(自足)하였다.

뿐만 아니라, 사슴 윤사섭(尹史燮) 사서 선생님(아동문학가)이 이름을 지어준 김천고 교내 서클인 맥향문학회(麥鄕文學會)에서 활동하며, 그 회보에 작문을 실었다. 그리고 1970년 1월에 간행된『송설교지(松雪校誌)』(11호)에 추풍령의 전설(傳說)「기적(氣笛)도 숨이 차네」를 게재했는데, 책이 나오자 그 글 스토리를 듣고 어머니가 좋다고 기뻐하셨다.

고 3 여름방학 때 김천 농소면에 있는 신흥사(新興寺) 작은 절에서 예비고사 공부를 했다. 무더운 8월의 어느 날, 동료 여섯 명과 함께 절 뒤에 있는 백마산에 올라서 쓴 시조가「등백마산(登白馬山)」이다. 그걸 노트 종이에 정서하여 방학 후에 교무실로 가서, 시조시인이신 수운(秀耘) 배병창(裵秉昌) 선생님에게 보여드렸더니, 그 말미에다 "전편에 걸쳐 무난하다"고 쓰시고, 아울러 시조 종장의 운율구성이 제일 중요하다면서 도식까지 간단히 작성해주셨는바, 이것이 내가 시조를 쓰는 계기가 되었다. 그 시조는 이듬해 1971년 1월『송설

월보(松雪月報)』에 게재되었다.

대학 1학년이 된 1971년 8월에는 친구와 함께 당시 유행인 여름 방학 캠핑 여행을 떠났다. 목적지는 부여였다. 옛 백제의 고적을 답사하며 쓴 시조를 곁들여 「백제(百濟)의 서울, 부여(扶餘)를 찾아서」란 기행문을 작성했는데, 그것을 국민대학 『학보(學報)』(1971. 12)에 기고했다. 원고료도 받아 기뻤고, 이삼현(李三顯) 학장님과 김성기(金成基) 국문학과 교수님께서 "재미있게 읽었다"고 말씀해주셨다.

군대 전역 후 입사한 회사(천경해운[天敬海運])에서는 사원 승선(乘船) 교육 차원에서 부산항에서 출발하는 사선(社船)을 타고, 대리점이 있는 일본의 고베, 나라, 교토, 오사카 등을 여행했다. 선장과 함께 동대사(東大寺)나 흥복사(興福寺), 원시림, 오사카성(大阪城), 천수각(天守閣) 등을 올라보고 다녀온 후, 해운항만청에서 발행하는 잡지에 「여창일월(旅窓日月)」이란 기행문을 여행사진과 함께 실었다.

이러저러한 여러 원고 중 일부는 김천고 역사관에 있고, 또 다른 것은 아직까지 소중히 보관해왔다. 이 책을 만들면서, 학창 시절의 습작이지만 나에게는 중요한 시기 삶의 성장 궤적이라서, 이 시조집 말미에 부록으로 별도 항목을 달아, 아쉽지만 두 편만을 선별하여 다시 상재(上梓)하고자 한다.

* 사족(蛇足) : 부록의 두 작품에 내 이름이 '송주호' 또는 '송영기'라 두 가지로 표기되어 있다. 내 이름은 할아버지께서 부르신 아명(兒名)이 '영고'이고, 고등학교에 들어가서부터 대학 졸업 때까지 송주호(宋柱昊)로 개명(改名)했으며, 군 입대부터 다시금 아버지가 출생 신고 시 지어준 영기(永起)로 환원했다.
아호 역시 고향집 앞 느름산(선개산(仙蓋山)의 이명)에서 취한 '유산(楡山)'이 친구들로부터 한 30년간 불리어오다. 이제는 도운(都雲)으로 또 30년 정도 쓰고 싶은데, 욕심인가?

등백마산(登白馬山) – 백마산에 올라서

육인(六人)의 신흥사도(新興寺徒) 땀방울 주렁주렁,

소나무 부여잡고 상봉에 올랐에라,

백마야 달려보자구나 대장군을 흉내내게.

손으로 햇빛 가려 저 먼 곳 바라보니,

안계(眼界)에 뵈는 것은 구름 속의 겹겹 산뿐,

땅덩이 좁다는 것을 나는 다시 한(恨)하네.

흰 구름 쭉쭉 뻗어 서조(瑞鳥)의 형상이요,

저 건너 강물결은 비단필 펼쳤는 듯,

높은 산 올라온 속인(俗人) 가슴속이 후련타.

高 3 宋柱昊(宋永起)* – 1970. 8 여름

[평설]

　시조의 형식 중 종장이 가장 소중한데 종장의 형식은 아래와 같다. 조금 현대적 감각이 풍겼으면 좋겠다. 전편을 통하여 대체로 무난하다.

종장 형식　　　1귀　2귀　　3귀　　4귀

　　　　　　　　3　　5　　　4　　　3

　　　　　　　　　　5 ～ 7　4 ～ 5　3 ～ 4

　　　　　　　　　　4 不可　3 不可

(서명) 秀

(秀耘 裵秉昌 ─ 수운 배병창 선생님)

1971년 1월 13일 수요일 金泉高等學校『松雪學報』게재

백제의 옛 서울을 찾아서

　사람의 한평생에 있어서, 좋든 싫든 주위의 환경에서 탈피하여, 바람에 나부끼듯 표표히 여행을 하기란, 그리 흔하고 쉬운 일이 아니다. 「곡강시(曲江詩)」에 "人生七十古來稀"라 읊었듯이, 기껏해야 100년밖에 채우지 못하는 인간사에 있어서, 여창일월(旅窓日月)은 참으로 사막의 오아시스가 아닐 수 없다.

　어디론가 훌쩍 떠나버리고 싶은 게 인정이라, 이번 하기방학을 이용하여 다녀보고 싶은 충동으로, 부랴부랴 죽마고우와 함께 캠핑 준비를 서둘렀다.

1. 추풍령에서 대전까지

　그날이 8월 8일이었다. 필요한 소지품이 다 챙겨졌는지 모르겠다. 오랜만에 만난 친구들과 막걸리 잔이라도 나누어가며, 서로들 외지에서 보고 듣고 느낀 세상사를 소담 속에 부쳐볼 겨를도 없이, 해후하자마자 곧 등산 가자고 합의한 것이다. 서로들 두 시간의 여유로

준비를 하다 보니, 부산하기 그지없다. 완행열차가 도착하는 소리를 듣고, 배낭 때문에 부자연스러운 태도로 역으로 달렸다. 가쁜 숨을 헐떡이며, 친지의 잘 다녀오라는 인사말도 뛰면서 들었다.

급히 기차표를 끊어 승차하니, 차는 고향을 등지고 질주해 간다.

어릴 때 익히 듣던 철마의 바퀴 소리와 기적이 울리면 여수(旅愁窓)에 젖기 십상 좋지마는, 아폴로가 월면(月面)에 수차 착륙한 금세대(今世代)에, 흑마(黑馬)는 일종의 여운만을 남긴 채 퇴역해갔고, 그 대신 디젤 기관 소리가 인심을 자극하고 있으니, 확실히 우리는 어떤 아쉬움을 느끼지 않을 수 없었다.

기차가 터널을 지날 때면 대화가 멈추곤 했지만, 초면인 모 양과 화기(和氣)롭게 담소하니 지루함은 없었다. 거의 두 시간 만에 대전역에 도착했다.

플랫폼에 내리자, 그녀는 차창으로 홍조를 띤 채 가냘픈 옥수를 흔든다. 나 또한 반사적으로 미소를 머금으며 답례를 하고 나서, 많은 여객의 틈에 끼어 역전 광장으로 나왔다. 그때의 차중방담(車中放談)이 도중에서, 그리고 지금까지도 나의 뇌리를 스치고 지나간다. 그녀가 내게 조심하라고 재차 당부하는 것이랑, 또 장마철이라 식수까지 세심하게 일러주는 옥음(玉音)이 귓전을 울릴 뿐만 아니라, 어쩌면 봉(鳳)의 눈과 같다고 느낀 그 인상이 내게 지워질 줄 몰랐다.

P군과 C군, 그리고 나 셋이 일행이다. 우리는 필름을 사려고 꽃집에 갔다. 말복(末伏)이 며칠 앞으로 가까워진 탓인지 퍽이나 날씨는 쾌청(快淸)이었다.

2. 부여로 가면서

도무지 캠핑 가는 사람 같지 않다고 느끼면서도, 우리는 버스를 타고 있었다. 그것도 직행이었다. 우리를 실은 버스는 예정된 출발 시간보다 몇 분 늦은 것이다. 운전수가 좀 더 손님을 많이 태우고픈 심산(心算)이었으리라.

차는 만원이었고, 날은 무덥기 짝이 없으니, 차 내부에도 예외일 수는 없이 후끈후끈하여 더욱 빨리 떠나주길 바랐다. 뒷좌석에서 누군가 빈정거린다.

그러다가 발차하여 버스는 교외로 나왔다. 소리도 없이 지나가는 세월의 지축처럼 이차선으로 된 하이웨이에 버스는 달린다. 내 마음도 달린다.

차창으로 말끔한 녹야청산(綠野靑山)이 스치고, 벽공(碧空)엔 백운(白雲)이 운집한 채 부푼 소녀의 가슴처럼 두둥실 떠 있다. 이윽고 연무대에 이르자 고속도로에서 궤도를 벗어나, 사행(蛇行)한 데다가 자갈이 많이 깔린 시골길을 버스는 달린다.

밀려가는 것은 다만 짙푸른 들판이요, 버스 꽁무니에는 연막탄을 터트린 듯, 먼지가 운무(雲霧)처럼 자욱하다. 나는 흥얼거리길,

> 꼬부랑 신작로에 버스가 흔들흔들,
> 차 안에 나그네도 다 함께 춤을 춘다.
> 여보오 운전수 양반 마저 춤을 추구려.
>
> 구름이 둥실둥실 청명한 절기로고,
> 초원(草原)이 달려가고 흰 먼지 자욱한 곳에,

계집애 머슴애들이 반겨 반겨 손짓해.

그러는 사이에 엉덩방아를 찧도록 마구 요동하는 버스가 부여 땅에 접어들었다. 백제 왕릉(?)이 저 멀리 시야에 들어온다. 이를 다시 멀리한 채 질주하여 버스는 부여 정류장에 도착하였다. 이때 시각이 오후 4시 반경이었다.

3. 팻말에 씌어진 글씨

스케줄대로 우선 수북정(水北亭)으로 가기 위하여 발길을 돌렸다. 읍의 길 가운데에는 미화 작업으로 화단을 만들어놓고, 만개한 꽃들이 저마다 뽐내듯 아름다웠다. 그러나, 이내 못마땅한 표정을 짓지 않을 수 없었다. 이유인즉, 팻말에는 분명히 화단에 '드러가지 마시오'라고 쓰여 있었다. '들어가지 마시오'라고는 쓸 수 없을까! 가는 곳마다 마찬가지였다.

4. 계백장군의 동상에 부쳐

마상(馬上)의 계백(階白)이 황산벌을 향하기보다 차라리 신라를 향하고 있다. 허리엔 칼과 활, 등에는 화살통을 메고서, 한손엔 말고삐요, 다른 손에는 삼지창을 힘차게 들고, 무쌍하게 달려가는 엄숙한 모습이었다. 최후의 결전에 나가는 그의 두뇌에 무수한 번뇌가 있었을까? 아니다. 그러한 오뇌는 분명 그 이전의 문제였으리라. 장군 계백은 대의밖엔 추호도 생각할 수 없었다.

백제사에 있어 가장 멋있는 인간이었겠다. 그의 약전(略傳)을 나의 육도풍월(肉跳風月)으로나마 옮겨본다.

용마(龍馬)는 가자 울고 창검엔 서리[霜] 인다.
일당백 결사대의 의기는 하늘까지,
대장부 가슴속에는 피가 끓어 올랐네.

처자를 사랑했고 사직(社稷)을 생각했기에,
임전(臨戰)에 혈육 끊고 월왕구천(越王句踐) 고사(故事) 일러,
못 잊을 황산벌에서 장쾌하게 쓰러졌으니,

공(公)이여 장군이여 당신은 만고충신(萬古忠臣),
벽재는 사비어도 꽃다운 이름 길이길이,
고요히 머리 숙이니 추모의 정 깊어라.

5. 수북정으로 가다

동상을 뒤로하고 사양(斜陽)을 정면으로 받으며, 5억 원이란 엄청난 돈을 들이고 완공한, 팔백 미터나 되는 백제대교를 걸었다. 교상(橋上)에서 백마장강(白馬長江)을 굽어보니 섭섭하고 애석하게도 강수는 탁랑(濁浪)이었다. 얼마 전 내린 홍수로 인하여 이처럼 물이 불결해졌으리라고 여기지만, 너무도 더러워 시흥(詩興)을 깨트려 시심(詩心)이 줄행랑을 쳤다.

수북정(水北亭)에 올라서 부여 땅과 긴 강물을 바라보니, 문득 고3때 지은 시조 「등백마산(登百馬山)」이 생각났다.

육인(六人)의 신흥사도(新興寺徒) 땀방울 주렁주렁,
소나무 부여잡고 상봉에 올랐에라,
백마야 달려보자구나 대장군을 흉내내게.

손으로 햇빛 가려 저 먼 곳 바라보니,
안계(眼界)에 뵈는 것은 구름 속의 겹겹 산뿐,
땅덩이 좁다는 것을 나는 다시 한(恨)하네.

흰 구름 쭉쭉 뻗어 서조(瑞鳥)의 형상이요,
저 건너 강물결은 비단필 펼쳤는 듯,
높은 산 올라온 속인(俗人) 가슴속이 후련타.

산세를 살펴보니, 험악하거나 높은 것이 없는 것으로 미루어봐서, 고대 백제인의 기질이 온화유순했으리라고 단정해봤다. 수북정 아래는 깎아 세운 듯한 바위가 우뚝 절벽처럼 솟아 있고, 그 3분지 2의 아래쪽에는 우암(尤庵) 송시열(宋時烈)이 썼다는 '자온대(自溫臺)'란 석명(石名)이 크게 새겨져 있었다.

전설에 의하면 의자왕이 여기에 자주 행차하였는데, 기이하게도 나들이 올 때마다 암석이 따뜻하기에 시신(侍臣)에게 그 원인을 하문(下問)한즉, 나랏님이 평소에 선정(善政)을 하여 덕(德)을 쌓으면, 천지신명이 그 징표로 따뜻하게 한다고 대답했다는 것이다. 요순지치(堯舜之治)하는 인군(仁君)이나, 걸주(桀紂) 같은 포악한 군주이거나 간에, 이런 알랑한 말이 싫지는 않았을 게 틀림없다.

그래서 왕은 이 바위를 저절로 따뜻해지는 바위라고 명명하였다니, 비극의 씨앗은 여기에서도 찾아볼 수 있었다. 물론 아첨하는 잡배들이 먼저 불로 달구어놓았겠지만, 어떻게 그런 큰 암석을 따뜻

하게 했을까 의심이 든다. 또한 그토록 가파른 바위에 지존(至尊)이
올라와 풍류놀이를 했을까 말이다.

수북정 올라오니 서산에 해가 붉고,
자온대(自溫臺) 그 이름이 너무나 풍류로워,
가파른 바위상에서 해동증자(海東曾子) 그려본다.

6. 부산하(浮山下)에서 일야(一夜)

텐트를 어둡기 전에 쳐야 하고 또 밥을 지어야 되므로, 서둘러 부
산으로 갔다. 그런데 백강(白江) 서편의 들판에는 온통 황야와 같아
서 농부에게 물었더니, 이번 호우에 홍수로 인하여 전답이 흙에 묻
히고 벼가 물에 잠겨 죽었기 때문이란다. 피해가 막심함을 매스컴
을 통한 것보다 직접 일견(一見)하니, 그 참상을 이해하겠다.

왜 우리 농민에게 하늘은 해마다 무심했단 말이냐. 머리 들어 원
망해보았지만, 낙조(落照)만이 구름에 아롱져 있을 뿐 천공(天空)은
말이 없다. 대재각 근처에서 야영하려고 가다가 날도 저물고 길도
험하여 단념하지 않을 수 없었다.

대지엔 땅거미가 짙어 우리 일행은 '백강(白江)'이란 마을에 들어가
대청마루가 있고 솟을대문이 있는 큰 기와집으로 찾아가, 밥 짓는 규
수에게 형편을 말하고 하룻밤 체류를 요구했더니, 늙은 어머니의 동
의를 얻자 쾌히 허락했다. 주인의 만류를 뿌리치고 뒷산에 올라 급한
대로 라면을 삶아 요기를 했다. 그 집 둘째 아들이 공부하는 방을 이
용하였다.

밤에 친구와 백마강으로 나갔다. 그때 시각이 열 시경이었기 때문에 보름이 지났지만서도 둥근달은 떴다. 마침 백사장에 돛도 노(櫓)도 없는 빈 나룻배 하나가 매어 있기에 걸터앉았다. 구름 사이로 방금 솟아나와 잔잔한 물결 위에 비추이는 명월(明月)을 쳐다보며, 두 발을 물에 담그고 아이처럼 첨벙거리곤 했다.

죽마고우가 〈가고파〉를 불러주었다. 그리고 왜 〈가고파〉가 작사되었는지 그 동기도 들려주었다. 합창을 했다. 우리의 노래는 달빛 비치는 백마강에 밤공기를 타고 흐른다. 구름에 가리워졌던 달이 얼굴을 살짝 내밀어, 가볍게 일렁이는 장강(長江)에 비친다. 갑자기 동파시인(東坡詩人)이 월명강(月明江)[적벽강(赤壁江)]상에서 뱃놀이 하며 영웅 조조(曹操)나 주유(周瑜) 및 자신도 부생(浮生)이란 감회를 서술한 「적벽부(赤壁賦)」가 입가에 맴돌았다.

辛亥(壬戌)之秋 六月(七月)旣望 宋子(蘇子)與友(客) 帆舟遊於
白江(赤壁)之下
　　清風徐來 水波不興 歌聲高後(擧酒屬客) 誦明月之詩 歌窈窕之
章 少焉月出於
東山之上 徘徊於斗牛之間

　　　　　　　　　　　　　　　　　　　　　　* (　)는 原文

하고, 그 뒤로는 생각이 나지를 않는다. 그러나 주막이 곁에 있으면 오늘같이 멋진 정경을 감상하고, 거주속객(擧酒屬客)하며 막걸리 한 주전자 기울이련만, 서운케도 주모(酒母)가 없는 것을 어이할거나! 이튿날 아침에는 융숭한 대접을 받고, 우리가 하룻밤을 그 집의 몇 보 앞에 있는 동매(冬梅)에서 기념촬영을 한 뒤에, 하직하고 유유히

165

물러 나왔다.

7. 부소산(扶蘇山)에 오르다.

아침 햇살이지만서도 무척이나 따가웠다. 수건으로 연거푸 땀을 훔치고 수통의 물을 마시곤 하며, 버스를 타고 부여읍으로 갔다. 운동화가 불편하여 농구화를 사 신었더니 한편 발걸음이 가벼웠고, 기분이 좋아 천 리라도 갈 것만 같다. 여포가 타던 준마인 적토마(赤兎馬)가 이러한 발길이었겠다.

부여박물관을 먼저 찾았으나, '내부 수리 공사 중'이란 팻말이 입구에 수문장처럼 지켜서 출입을 금하게 했다. 백제인의 생활을 볼 수 없기에 퍽이나 아쉬웠다.

부소산으로 들어가는 정문에서 아낙네에게 안내도를 사 들고, 현충사(顯忠祠)를 들러서 삼충사(三忠祠)로 갔다. 여기는 의자왕(義慈王)의 호방한 심정과 방탕의 생활로 국가존망(國家存亡)이 위급함을 예견하자, 죽음으로 간한 성충(成忠)과 흥수(興首)의 영령과 최후의 보루(保壘)였던 황산(黃山)에서 전사한 용장 계백(階白)의 애국혼을 모신 성역이다. 하마비(下馬碑)는 처음부터 세우지 않았는가. 내겐 눈에 뜨이질 않았다.

만일 왕자 시절처럼 해동증자(海東曾子)의 칭호를 계속 유지했거나 늦으나마 이들의 충간(忠諫)에 조금이라도 귀를 귀울였더라면, 김소양장(金蘇兩將)에게 행주(行酒)의 치욕(恥辱)은 받지 않았으리! 허나, "백제는 둥근달과 같고, 신라는 초승달과 같았으니" 어찌 국운이 기울어지지 않았으랴!

우리는 강행하여 동쪽에 있는 영일루(迎日樓)로 갔다. 누각에 올라 불어오는 시원한 바람을 쐬고, 흐르는 땀방울을 마르키며, 저 멀리를 바라보았다. 갑자기 나는 증점(曾點)이 된 듯했다. 자로(子路)를 비롯한 좌중의 제자들이 하나같이 정치적 야심을 토로하건만, 증점의 포부는 "기수(沂水)에서 목욕하고, 기우제 터에 올라 바람을 쐬고, 시를 읊으며 집으로 돌아오겠습니다."라는 지극히 달관유여(達觀有餘)한 자세였던 걸 말이다.

공자(孔子)도 "나는 점에게 편들마" 한 『논어』의 고사(故事)가 기억에 새롭다.

부소산 해맞이가 퍽이나 장관(壯觀)이라,
영일루 올라가니 바람이 시원쿠나,
굽어본 저 들판 위에 두루미가 날아라.

계룡산 돋는 해는 백제의 꿈이었고,
사비수 지는 달은 주흥(酒興)을 불렀건만,
덧없이 흘러만가는 인생을랑 어쩌나.

8. 군창지(軍倉址)의 폐허

영일루에서 내려와 얼마 걸으니 군창터가 있다. 인구(人口)에 회자(膾炙)되어온 절조(絶調)인 두자미(杜子美)의 「춘망(春望)」 그대로이다. "國破山河在 城春草木深"이었다. 폐허를 바라보며 탄화(炭化)된 쌀을 몇 알 만져보았다. 옆에 있는 상점에서 구한 것이다. 새까맣게 탔지만 아직도 딴딴하고 모가 나 있었다. 1,300여 년 전의 역사를 간직한 곡류(穀類)가 탄화된 채 매장되어 있으니 나당연합군(羅唐聯合軍)에게 궁성이 함락되었을 때의 충천하는 화염을 보는 듯 눈에 아련하다.

몇 개 안 되는 쌀을 종이에 고이 싸 가지고 와 지금 기행문을 쓰면서 다시 한 번 꺼내 보았다. 천여 년 전의 쌀이기 때문이다. 백제의 비운을 말해주기 때문이다.

9. 난약수(蘭藥水)와 낙화암(落花岩)

부소산 뒷면이요, 낙화암 아래쪽인 사자수 가에 고란사(皐蘭寺)가 있다. 백제의 고도 부여를 찾는 것은 고란사와 낙화암을 보기 위한 것이리라. 청명한 날 수목 아래의 벼랑길을 돌아 다다른 곳이다. 절 뒤 암벽에 고란초가 있어 사명(寺名)이 유래되었다.

아름다운 궁녀들의 집단 투신으로, 피에 굶주린 침략군의 손에 잡혀 능욕을 당하느니보다 차라리 목숨을 끊어 절개를 지킨 혼령을 위로하고자 본사(本寺)가 세워졌다 한다. 절 뒤의 벽에 걸어놓은 액자의 설명을 그대로 인용하련다. 옛날 고승(高僧)인 원효대사(元曉大師)가 사비강[錦江] 하류에서 이 강물을 마시고, 그 물맛을 보니, 상류에 진란(眞蘭)과 고란(皐蘭)이 있음을 알고, 물맛을 따라 이곳 부소산에서 발견하여 세상에 알려졌다. 지금은 진란은 없어지고, 생란(生蘭)만 남아 있으나 아깝게도 고란마저 멸종에 가까울 정도로 있다(세종대 『향약집성방(鄕藥集成方)』 수록). 고란은 수룡골과(水龍骨科)의 다년생(고사리科)으로 겨울에도 죽지 않는 상록수인데, 수명이 30년에서 50년이다.

번식은 포자(胞子)(잎 뒤의 노란 점)로 씨를 펴는데, 일 년에 포자가 한 개씩 생기니, 예를 들어 노란 점이 열다섯 개이면 15년생이다. 특기할 것은 음지도 양지도 아닌[非陰非陽岩] 바위 틈 습한 곳에서 자라는 식물이다. 표본으로 만들어 액자에 넣어둔 것의 노란 점인 포자가 스물한 개이었은 즉, 나의 나이보다 한 살 더 먹은 21년생이다.

고란 약수는 어정(御井)으로 사용되어 군왕(君王)이 이 물을 즐겨 마셨는데, 궁녀들에게 이 물을 떠오라고 할 때마다 틀림없는 고란 약수임을 증명하기 위하여, 약수에다 고란초 한 잎을 띄워 오도록 분부했다는 전설이 있다. 이런 전차로 해서 더욱이, 일 년에 몇 밀리미터밖에 자라지 않는 고란이 멸종 상태에 있는 듯하다.

나는 가자마자 약수를 퍼 마시고, 수통에도 가득 채웠다. 기분이 상쾌하고 속이 후련하기에, 불로초를 얻어 영생불사를 바란 진시황의 허망을 비웃어도 봤다. 이것이 바로 불로수라고 간주하며 또 한 잔 시원히 마셨다.

> 위에는 백화정(百花亭)이 아래로는 백마장강(白馬長江),
> 저어기 명사십리(明沙十理) 학 몇 마리 앉아 있고,
> 이끼 낀 바위 사이엔 푸른 풀이 새롭다.
>
> 부여의 명소라면 낙화암을 들겠고,
> 고란사 유명한 것 늘 푸르른 고란촐세.
> 바위 새 맑고 차거운 약수를 떠 마신다.
>
> 안내원 목청 돋아 나그네에 설명하길,

169

약물은 철분이니 약효를 보시려면,
단숨에 숨 쉬지 말고 기분 좋게 마시라네.

백화정(百花亭)에 앉았다가 다시 낙화암(落花岩)으로 가보니, 정신
이 아찔하여 더 이상 내려볼 수가 없었다.

천야만야(千耶萬耶)한 낭떨어지인 것이다. 가냘픈 여인이 향기로
운 몸을 여기에다가 날려버렸더냐! 아까운 여체(女體)와 사랑스러운
여심을 송두리째 던져버렸더란 말인가? 아무리 산수여차호(山水如此
好)하여 하죄의자왕(何罪義慈王)이라 한들, 그럴 수가 있단 말이냐!
넋두리하기엔 너무도 상처가 아프고, 세월이 흘렀다. 모든 것을 천
명(天命)의 소치라고 해두자. 오히려 간절하고 애절한 마음이 사라
지기 때문이다. 천여 년 전의 뼈아픈 역사를 아는지 모르는지, 사자
수는 예나 지금이나 다름없이 도도하게 흐를 뿐이다.

노산(鷺山) 이은상 선생의 시조를 읊어보자.

사비수 낙화삼천 울며 펄펄 떨어질 제,
한 분은 날아 올라 새벽달이 되옵더니,
고란사 쇠북 소리에 마저 떨어져 잠긴다.

10. 백제탑을 찾아서

먼발치로 조룡대(釣龍臺)를 보았고, 궁녀사(宮女祠)로 가기 위해 사
자루에 올라도 봤다. 부소산은 보기보다 아늑한 곳이다. 미로처럼
입산해보면, 퍽이나 복잡하고 수목이 울창하다. 이튿날은 영일루에
서 잠자리를 걷고, 일찍 일어나 삼충사 앞으로 와서 밥을 지어 먹

고, 하산하였다.

　어제 그토록 맑던 날씨가 급변하여, 비가 그칠 줄 모르고 계속 쏟아졌다. 우리를 보고 아낙네마저 고생을 괜히 사서 한다고 동정 어린 말을 한다. 자기 아들도 캠핑을 갔다는 것이다.

　우리에게는 멋있고 즐거운데, 타인의 안목에는 비를 맞으며 돌아다니는 우리가 마치 상갓집의 개만큼 초라하게 보였는가 보다. 어제같이 무더운 날이면 또 그들은, 더운데 괜히 고생을 한다고 말한다. 불편함 속에 있으면서도 불편함을 느끼지 못했다. 여전히 내리는 비를 밀짚모자로 막으며 백제탑을 찾아갔다. 원래는 백제탑에서 낙조를 보고자 했었다. 넓은 잔디밭에 정림사 남좌상석불이 곰처럼 웅크리고 앉아 있는 것이었다. 정면으로 대당평제탑(大唐平濟塔)이 묵묵히 서 있다. 나는 탑 주위를 한 바퀴 돌며 무엇인가 글씨를 읽으려고 노력해보았으나, 알아볼 수가 없다.

　　　여름비 맞으면서 평제탑 답사하니,
　　　칠백 년 백제 왕업 꿈이런 듯 아롱아롱,
　　　석양에 찾지 않은 게 오히려 다행이네.

　　　들거라 소정방(蘇定方)아 너무나도 치사할사,
　　　당나라 장군 되어 탑에다 낙서라니,
　　　찾는 이 보는 이마다 불손함을 되뇌인다.

　　　오층의 석탑에는 이끼가 끼어 있고,
　　　흐르는 구름 따라 천 년을 지났어도,
　　　그 기품 오늘날까지 묵묵히 전하네.

171

또 강행군을 하여, 우리 일행 셋(鄭宗喆, 全判植, 宋柱昊)은 버스를 타고, 얼마 전에 발굴되어 세상을 놀라게 한 무령왕릉이 있는 공주를 거쳐, 계룡산 갑사(甲寺)로 갔다. 지금도 기억에 생생한 것은 갑사에 도착하자, 비가 줄기차게 쏟아져 오도 가도 못하게 하였다. 점심도 못 먹고 텐트를 칠 장소도 없다. 스님의 안내로 민가에 갔으나, 하룻밤 자는 데 과도한 돈을 요구하여, 한참 동안 옥신각신하기도 했다. 겨우 타협이 성립되어, 계룡산 사불봉(四佛峰)을 휘감으며 치솟는 운무의 천하기관(天下奇觀)을, 취한 듯 바라보았다. 이곳에서 하루 쉬고, 8월 11일은 온갖 사교(邪敎)의 요람지인 계룡산을 넘어 동학사로 갔다.

이런 식으로 4박 5일의 주유를 끝내고 귀가했다. 용문폭포로 가는 도중 일본인 관광객인 아사히 신문 기자와 주고받은 대화 등을 기록하면, 분량이 너무 많을 것 같아, 그 부분은 후에 수필로 다시 쓰기로 하고, 이제 필을 놓아야겠다.

"귀여운 자식에게 여행을 시켜라"는 속담의 맛을 일촌이나마 음미한 것을 자족해본다.

추풍령 본가에 돌아와 노독(路毒)을 풀기에 앞서, 그동안 밀려 구문(舊聞)이 되어버린 신문을 읽기에 여념이 없으니, 참으로 부생(浮生)이 공자망(空自忙)인가!

법학과 1년, 송주호(송영기) - 1971년 국민대학 『학보』 기고

추억의 환기와 평상심의 회복

이 동 순 | 시인

1

일본은 와카(和歌) 및 단카(短歌)의 전통이 오랜 세월 지속되었고, 그 후반기에 이르러 하이쿠(俳句)의 정제된 형식으로 자리를 잡았다. 전반적 변화 과정을 살펴보면 오랜 기간 동안 대체로 축약의 경로를 걸어왔다고 해도 과언이 아니다. 17음절을 기본으로 하는 하이쿠를 비롯한 일본의 시가는 철저한 음수율에 의탁하여 작품을 양식화시키는데 국민의 극진한 사랑을 받는 전통문학이 되었다. 일본에서는 계절의 변화와 세시풍속, 상품 광고, 방송 제작 등의 활동이나 행사에서 하이쿠를 활용하는 방식이 일상적으로 펼쳐지고 있다. 하이쿠 동인지의 숫자가 무려 800여 종이나 되고, 하이쿠 창작에 참여하는 인구가 거의 500만 명을 상회한다는 현실은 놀랍기 그지없다. 이것은 시조라는 민족문학을 지니고 있는 우리로서는 진정 부러운 일이 아닐 수 없다.

한국의 대표적 민족문학 양식인 시조(時調)는 일본의 시가 양식에 비해도 전혀 손색이 없는 아름다운 미학적 조건을 두루 갖추고

173

있다. 무려 5,500수가 넘는 것으로 추정되는 고시조의 시기에 시조는 자생적 변화와 발전의 과정을 충분히 거쳐왔다. 특히 3장 6구 45자 내외의 평시조 형식이 점차 음수율의 파괴, 단시조의 반복적 형태나 연속성 따위를 수용하면서 엇시조와 사설시조의 출현을 가능하게 하였다. 이것은 외형적 변화에 그치지 아니하고, 충효 등 유교적 이념과 가치관의 틀에 구속되어 있었던 작품 의식의 확장으로 이어졌다. 조선 중엽 이후 출현된 사설시조의 놀라운 파격은 과거의 속박을 해체하는 과정에서 빚어진 아름다움이었던 것이다. 과거 평시조에는 전혀 찾아볼 수 없었던 풍자와 해학, 비판 정신을 함유하게 된 것은 참으로 획기적 변화라 하겠다. 봉건왕조의 몰락과 식민지 체험은 시조의 현실에도 새로운 변화를 불러일으켰다. 정인보(鄭寅普, 1893~1950), 이병기(李秉岐, 1891~1968), 조운(曺雲, 1900~?) 등의 시조작품이 지니는 품격과 위상은 엄혹한 시기에서도 우리가 지켜가야 할 민족적 전통과 자긍심을 일으켜 세운 성과로 이어졌다. 분단 시대로 접어들어 시조 장르는 과거의 선학들이 이룩한 성과를 크게 발전시켜가지 못하였다. 현실에 안주하거나 작품 의식의 빈곤, 풍자정신의 부재 따위로 말미암아 시조는 낡은 장르라는 오해가 발생하였고, 자유시 장르에 비해 항상 부차적인 영역으로 다루어졌다. 이것은 참으로 안타까운 현실이라 하겠다. 이러한 현대시조의 문제점은 전적으로 시조 창작에 참여했던 시조시인들의 책임이 아닐 수 없다. 한때 중앙일보가 중심이 되어 현대시조 장르의 발전을 위한 방향성 모색과 작품 공모 등 적극적 기획과 배려를 했던 것이 기억되지만 이러한 노력이 계속 이어지지는 못하였다. 시조시단의 활성화를 위한 부단한 노력이 이어져야 하고, 청년층 시조작가들의 양성과 관리가 시급히 필요하다.

2

　이런 점에서 송영기의 시조작품을 주의 깊게 관찰하면 몇 가지의 생각이 떠오른다. 우선 시조 창작을 자신의 삶에서 거의 일상적으로 생활화시키고 있다는 장점이 일단 주목된다. 이번 시집은 전체 7부 구성으로 구분되어 있다. 전반부의 4부는 계절에 따라 구성되어 있고, 뒤이어서 역사적 인물, 국토 순례에 해당하는 기행, 문화와 역사의 향기 등이 그 편제이다. 이러한 테마들은 시조작품의 창작에서 비교적 적절한 선택으로 보인다. 계절 편에서는 나리꽃, 원추리, 복사꽃, 앵두, 오이꽃, 붓꽃, 개망초, 봉숭아, 접시꽃, 모란꽃 등을 다룬 작품들이 눈에 띈다. 그것들은 모두가 서민적이고 향토적인 정취를 머금고 있는 화초들이다. 더욱 주제의식과 제재로서 부각되는 것은 시인이 유소년 시절의 추억이나 성장기에 대한 애착과 환기가 특별하다는 점이다. 이러한 선택에는 그만한 의미가 있을 터이고 또 일정한 효과로 작용하고 있는 것으로 보인다.

　작품 「입춘날 산책」은 현장의 실감을 생동감이 느껴지도록 그려내고 있다. 이러한 작품성은 독자를 심리적 안정과 평화로 연결되게 한다. 시적 대상과 풍경들이 매우 자연스럽게 제자리를 구축하고 있다.

　　　　차가운 바람 부는 산책길 언덕에서,
　　　　모자를 눌러쓰고 계곡 아래 바라보니,
　　　　숲 속의 나무 사이에 오두막집 한 채 있다.

　　　　눈 덮인 지붕 위로 산비둘기 날으는데,
　　　　적막한 산속 집에 방문객이 있었는지,
　　　　컹컹컹 개 짖는 소리 정적 깨며 들리누나.

두꺼운 얼음 얼고 발이 시린 추위 속에,
따사한 오후 햇살 고맙기도 하거니와,
입춘이 오늘이니까 겨울 이미 가고 있네.

—「입춘날 산책」 부분

또 다른 작품 '고향에 뻐꾸기는 언제 우나'의 경우 모처럼의 귀향에
서 옛 추억을 회상하면서 텅 빈 고향의 애달픔을 노래하고 있다.

고향집 내려가도 반기던 엄마 없고,
마당에 들어서면 어딘가 낯이 설다.
따스한 훈기가 돌던 그 옛자취 그리워라.

온 동네 돌아봐도 친구들 흩어졌고,
옛 담장 고쳐지고 꼬부랑길 곧아진 채,
뛰놀던 아이들 없이 외지인(外地人)만 늘어났네.

만나면 인사하고 심심하면 마실 갔던
이웃집 낡은 채로 적막에 싸여 있고,
봄이면 무심히 듣던 뻐꾹새도 아니 우네.

사립문 열어주던 동네 어른 어디 갔나!
줄넘기 하던 누나, 할머니라 불린다오.
이제는 앞산 뒷산만 그 자리서 변함없네.

—「고향에 뻐꾸기는 언제 우나」 전문

이러한 추억의 환기는 시조 「청주 회고」에서도 동일하게 정리되고
있다. 추억의 힘은 과거에 고착되지 아니하고 현실의 무기력과 취약
성을 오히려 튼튼하게 강화시키는 작용력으로 이어지게 한다. 그러

충청 놀이 결린 제말

므로 이러한 추억 테마들은 단순 회고가 아니라 현재를 공고하게 떠
받쳐주며 결속시키는 완강한 추진력으로 되살아난다.

　　　젊은 날 홍안일 때 이곳을 들렀는데,
　　　연초창 정거장서 하차하라 통화됐고,
　　　그곳에 도착해보니 미리 와서 기다리던,
　　　(중략)
　　　한복을 곱게 입고 날 반겼던 그 어머니,
　　　일곱 살 어린 여동생 앞니 빠진 갈가지,
　　　하늘에 별 깜박이듯 그리움 돼 남았네.

　　　　　　　　　　　　　　　　　　　　　　　—「청주 회고」 부분

　　시조「봉숭아」의 경우도 이와 유사한 다른 작품과 마찬가지로 추억
의 작용력이 기본 정서 속에서 힘을 발휘하고 있는 작품이다.

　　　비 갠 후 장독대 앞 채송화 꽃 어여쁜데,
　　　나란히 피어 있는 붉은 입술 봉숭아 꽃,
　　　새색시 두 볼 위에다 연지 곤지 찍은 듯.

　　　이웃집 단발머리 곱고 착한 누나들은,
　　　한 움큼 빨간 꽃잎 백반을 넣어 찧어,
　　　가녀린 약지 손톱에 동여맨 채 하룻밤을,

　　　이튿날 벗겨내니 주황으로 물든 손톱,
　　　동생과 엄마에게 보여주며 자랑하고,
　　　누구가 물 잘 들었나 손 내밀어 비교하네.

　　　　　　　　　　　　　　　　　　　　　　　—「봉숭아」 전문

이 작품을 우리는 선배 시조시인의 동일한 시적 대상을 그리고 있는 작품과 비교해보기로 하자. 봉숭아를 테마로 다룬 시조작품의 백미(白眉)로는 우선 초정(艸丁) 김상옥(金相沃, 1920~2004)의 「봉숭아」가 떠오른다. 송영기의 시적 발상과 모티브는 김상옥의 「봉숭아」와 매우 유사한 면모를 지닌다.

> 비 오자 장독간에 봉숭아 반만 벌어
> 해마다 피는 꽃을 나만 두고 볼 것인가
> 세세한 사연 적어 누님께도 보내자
>
> 누님이 편지 보면 아마 울까 웃으실까
> 눈앞에 삼삼한 고향집을 그리시고
> 손톱에 꽃물 들이던 그날을 기억하시리
>
> 양지에 마주 앉아 실로 찬찬 매어주던
> 하얀 손가락 가락이 연붉은 그 손톱을
> 지금은 꿈속에 본 듯 힘줄만이 서노라
>
> — 김상옥, 「봉숭아」 전문

그 밖에도 송영기의 시조집에서 주목되는 작품들로 「죽부인」 「처서가 되니 귀뚜라미 소리 높다」 「겨울 아침」 「눈 내리는 날」 등을 손꼽을 수 있다. 「죽부인」은 전통 도구들이 지니고 있는 의미와 가치에 대한 시적 언술을 담아내고, 「처서가 되니 귀뚜라미 소리 높다」는 첫 대목의 신선한 서술이 인상적이다. 이른 아침 대문에서 조간신문을 집어드는 시인의 모습을 그림으로 보는 듯하다. 「겨울 아침」은 삶의 겸손과 소박성을 일깨워주는 힘의 바탕이 느껴진다. 「눈 내리는 날」의 경우 서술 구조 자체가 삶의 안정과 평화에 대한 짙은 갈망이 담겨 있다.

다음으로 인물 편에서는 「기다림 – 평화의 소녀상」이 돋보인다. 2011년 한 조각가에 의해 제작되어 전국의 여러 곳에 설치된 이 소녀상(少女像)은 지난 시기 우리 겨레가 제국주의자들로부터 받았던 상처와 아픔을 되새기게 하는 효과로 이어졌다. 하지만 일본은 이 소녀상 설치에 대하여 줄곧 격앙된 반응을 보이고 있다. 우리에겐 상처와 아픔인 것이 그들에게는 수치와 자괴(自愧)로 작용할 수 있을 터이다. 하지만 우리가 분노하는 것은 그들에게서 반인륜적인 과거사에 대한 진정한 참회나 반성이 전혀 없다는 사실이다. 바로 이 점이 일본의 현실적 맹점이요, 세계적 공분(公憤)마저 자아내게 하는 것이다.

> 순하고 눈물 어린 단발머리 어린 소녀,
> 저고리 짧은 치마 맨발로 의자에 앉아,
> 가녀린 손 불끈 쥐고 어느 곳을 응시하나.
>
> 비 오나 눈이 오나 무덥거나 추운 날도,
> 옷고름 단정히 매고 꼿꼿이 한자리서,
> 언제나 입 꼭 다물고 무슨 말을 고대하나.
>
> —「기다림 – 평화의 소녀상」 부분

또 다른 하나는 단양 관기 두향을 다룬 시조작품이다. 퇴계 선생이 단양군수로 재임하던 시절에 맺었던 어린 관기 두향(杜香)과의 인연을 다루고 있는 작품이다. 사랑에는 국경도 나이도 없는 것이라 하는데 둘 사이의 연령 차이는 무려 29년이다. 놀라운 일이다. 우리는 퇴계 선생을 단지 천재적 철학자로서만 인식하고 있는데 그는 이렇게 가슴속에 갈무리된 사랑의 애틋한 감정을 두향이 이별의 선물로 주었던 매화에 실어서 세상을 떠나던 날까지도 늘 표현하고 살았으니 이 또한 경이로운 일이 아닐 수 없다.

> 그리움 가슴에 담고 가는 사람 애달프고,
> 헤어져 눈물 짓는 남은 이도 구슬프다.
> 술로도 잊을 수 없고 거문고도 소용 없어,
>
> 거문고 주야로 탄들 시름 어이 잊을손가.
> 매화꽃 아무리 본들 그리운 님 멀리 있어.
> 살아서 이별했는데 죽어서야 만났으리.
>
> ―「단양 관기 두향」 부분

다음으로 기행시편에서는 「고성 금강산 건봉사」 「지리산 화엄사」 「추풍령중학교를 방문하여」 등을 손꼽을 수 있다. 건봉사는 한때 만해 한용운 시인이 주석(住席)하기도 했었고, 대중가요 작사의 제왕이라 할 수 있는 조명암 시인이 소년 시절 머리를 깎고 상좌스님으로 살았던 곳이기도 하다. 거의 민통선 지척에 위치해 있어서 사람들의 발길이 뜸하기는 하지만 예로부터 아주 유서 깊은 사찰임에 틀림 없다. 화엄사를 다룬 작품에서는 산사 특유의 저녁 풍경이 잘 그려져 있다. 「추풍령중학교를 방문하여」는 시인의 모교 방문과 그 심회를 다루고 있다.

> 소년에 졸업하고 육십 넘어 찾아오니,
> 옛 교실 헐리어서 공터가 되어 있고,
> 매점과 기숙사 자리 대나무가 청청하네.

수업이 끝나치는 작은 종(鍾)이 걸려 있던,
교무실 앞 종을 매단 밤나무는 고사(枯死)하고,
오르고 내려다니던 돌계단도 낡아진 채,

정답던 옛 친구들 주름살은 늘어가고,
생기찬 그 교정에 학생 수도 줄어드니,
환하던 운동장 위에 잔디풀이 덮였구나.

　　　　　　　　　—「추풍령중학교를 방문하여」 부분

　모든 것은 변화의 도정 위에 놓여 있다. 인간도 그 길에서 결코 벗어날 수 없다. 일상의 바쁜 틈새를 잠시 벗어나 추억의 터전으로 찾아가 옛일을 회상하는 시인의 모습이 보인다.
　마지막으로는 문화와 역사의 향기이다. 이 편성에서 눈에 띄는 것은 「종이접기 추억」과 「추풍령 고풍」 두 편이다.

　　　어릴 때 머슴아들 고이고이 종이 접어,
　　　방에서 마당으로 마당에서 또 하늘로,
　　　사뿐히 종이 비행기 높이 던져 날리었고.

　　　공책을 뜯어내어 접고 접어 만들었던,
　　　두둑한 종이 딱지 호주머니 가득 넣고,
　　　동무와 흙마당에서 때기치기 놀이 했다,,

　　　　　　　　　—「종이접기 추억」 부분

　　　상주(尙州) 땅 딱밭골의 외삼촌과 외할머니,
　　　반고개[方峴] 사기점(沙器店)골 해거름에 걸어올 때,
　　　옷고름 나부끼면서 인절미 떡 이고 오네.

　　　　　　　　　—「추풍령 고풍」 부분　　181

두 편 공히 추억에 터전해서 뽑아낸 작품이다. 어린 시절의 아동 유희 추억을 가슴에 품고 있지 않은 사람은 아무도 없을 것이다. 가파르고 소란한 현실적 삶에 시달리고 지쳤을 때 옛 추억을 떠올려 회상하는 일은 일단 휴식과 심리적 안정을 부여해준다. 이와 더불어 새로운 의욕을 갖게 하고 현실에 다시 도전하도록 하는 역동성을 부여해준다.

3

과연 추억이란 무엇인가?

추억이란 일단 현실의 삶에서 긍정적 기능으로 작용한다. 거기에는 지나온 모든 험난한 길들을 악전고투로 통과해온 강한 삶의 의지와 사랑이 담겨 있다. 뿐만 아니라 진지하고 맑은 순수의 흰 뼈가 고스란히 그 골격을 드러내고 있다. 인간이 삶을 살아가는 데 무엇이 가장 중요한가. 어지러운 현실 속에서 우리가 놓치고 가는 것들에 대한 반성을 우리는 자주 하지 않을 수 없다. 그리하여 추억이란 단지 과거에 대한 아련한 향수에만 그치지 않고, 새로운 꿈에 대한 소중한 원동력이 되도록 이끈다.

우리가 대수롭지 않게 지나쳤던 참으로 많은 것들이 일정한 시간이 흐른 후에는 모두 하나같이 새로운 가치를 지니게 될 수 있다. 우리 삶을 우리 스스로가 새롭게 할 수 있는 그 무언가가 우리 자신 안에 내재해 있다는 사실을 우리는 모르고 지나치는 경우가 많다. 다시금 추억을 주의 깊게 찬찬히 들여다보라. 우리가 살아온 그 시간의 경과 속에는 매우 특별하고 풍부한 이야기가 들어 있음을 깨닫게 된다.

추억이란 이처럼 내가 현실 생활에서 힘들 때 그것을 넘길 수 있게 하는 힘이다. 더불어 현재의 내 삶을 보다 풍요롭게 만드는 과거의 재산으로 재생되는 소중한 가치이다. 송영기 시인의 전체 작품에 기반하고 있는 추억의 힘은 일단 신선하고 생기롭다. 그 추억은 틀림없이 현실의 건강성을 회복시키고 동시에 삶의 생기를 회복시켜주는 기능으로 되살아나게 될 것이다.